RABIA Y FERVOR
[Dramaturgia breve]

CÉSAR SÁNCHEZ BERAS

Rabia y fervor

Primera edición al cuidado de:
Books&Smith, USA, 2023

www.booksandsmith.com
booksandsmith@hotmail.com

Todos los derechos reservados 2023
César Sánchez Beras © 2023

Diagramación y diseño de portada:
Books&Smith

Pintura de portada: "Amantes en el paisaje" Osiris Gómez

Dibujo interior "Rostros triste y alegre": Laura Sánchez Fortuna

La reproducción, venta, copia y/o diseminación de este material por cualquier medio posible, físico o virtual, o de cualquier otra naturaleza, presente o futura, está prohibida sin la autorización previa y por escrito del autor o su repre-sentante editorial.

ISBN: 979-88701236-9-1

Para los duendes:

Juan Carlos Mañón
Frank Disla
Tarsis Castro
Laura Guzmán
Johanny García
Elsa Liranzo
y
Joche Brito

RABIA Y FERVOR
[Dramaturgia breve]

César Sánchez Beras

Un libro para el deleite y el recuerdo:

César Sánchez Beras se ha nutrido de los signos originales del teatro y ha bebido de las fuentes tradicionales que le han dado sustento y proyección al arte hecho palabra y gesto.

Con una evidente carga de la mejor dramaturgia universal, César Sánchez Beras nos sorprende con unas piezas teatrales en las que confluyen leyendas, mitos, tradiciones olvidadas y conflictos sociales que trascienden la denuncia per se y devienen en contenido ideológico de fuerte raigambre. Sin embargo, más allá de las ideas convergentes, salta a la vista su compromiso con la poesía, que, en este caso, así como en el de otros grandes dramaturgos, eleva el nivel de la dramaturgia.

Para reafirmar lo dicho, basta leer el párrafo que transcribo a continuación: "De lo que pasó aquel día, solo quedan algunos celajes que se me descarrilan en la memoria. Unos gritos de mujeres, unas rabias de hombre cercadas por el miedo, el espanto apareciendo como víbora de siete cabezas y después la noche y también el silencio (La hija de Mesías).

Hay un clímax presente en cada pieza, logrado a partir no solo de acciones sorprendentes creadas para los actores, sino de un lenguaje debidamente pensado para ser teatralizado, sin ocultar la clara influencia de la música y de los demás géneros literarios, sobre todo el de la poesía, que es, a juicio mío, el eje transversal del arte. Recordemos que el mismo Aristóteles decía, hablando en su poética sobre las grandes tragedias, que no hay diferencia radical alguna entre la poesía y la música; más aún, no hay diferencia alguna entre poesía, teatro y música. Las tres constituyen el mismo arte, el cual no está pensado para ser disfrutado en papel sino en un escenario.

Rabia y fervor es un libro integrado por ocho piezas teatrales, cuyos títulos cautivan (La hija de Mesías, El cantante de la cama 15, ¿Y si termina la guerra?, El rumor de la sangre, Corte de pelo para Obatalá, Volver a Georgia, La huida, Sonata para dos…) y le dan paso a una dramaturgia que nos envuelve y sacude cual huracán salido de un engendro trágico, pero vital para la comprensión de la vida, como lo es la catarsis de la muerte.

Estoy convencido de que el teatro universal se enaltece al recibir esta maravillosa colección de piezas teatrales del poeta dominicano, César Sánchez Beras, escritas para nuestro deleite y para conservarlas por siempre en nuestra memoria.

Haffe Serulle
Julio /2023

RABIA Y FERVOR
[Dramaturgia breve]

Una publicación de Books&Smith.

«El teatro presenta al hombre como es, angelical y homicida, tierno y cruel. El teatro es reserva de la vida, en gesto de aprecio y celebración de sí misma. Es el espacio de la dignidad del hombre»

Juan Carlos Gené (1929-2012)

«El teatro es el único arte donde la humanidad se enfrenta a sí misma»

Arthur Miller [1915-2005]

« Hell is empty, and all the devils are here»

William Shakespeare [1564-1616]

Contenido:

La hija de Mesías   13

El cantante de la cama 15   33

¿Y si termina la guerra?   51

El rumor de la sangre   69

Corte de pelo para Obatalá   97

Volver a Georgia   129

La huida   149

Sonata para dos   157

LA HIJA DE MESÍAS

PERSONAJES

GALIPOTE. Mujer vestida con atuendo ligero y tocada con pañuelo verde, blanco y amarillo, que alterna con cada aparición.

COMANDANTE. Viste un impecable uniforme del Ejército Nacional Dominicano.

OFICIANTE. Viste de azul claro, tiene un pañuelo alrededor de la frente y está descalzo. Lo acompaña un tambor batá, también llamado palo mayor en los atabales.

GUARDIA. Es un campesino de la misma región del oficiante. Viste uniforme militar sin insignias.

«Muéstrame un héroe y te escribiré una tragedia»

Francis Scott Fitzgerald

La hija de Mesías
Acto único
Primera escena

[La escena da inicio con el escenario parcialmente iluminado. Dos tercios del escenario están en oscuridad total y en el tercio restante, en la esquina izquierda, la luz de un perseguidor cae sobre un retrato de un viejo con una venda en la frente. Al lado del retrato descansa un machete con una cinta roja y amarilla atada a la empuñadura y un rosario con escapulario. La voz de la Mujer Galipote en un plano paralelo del escenario va guiando la escena.]
MUJER GALIPOTE.
[Con ritmo de atabales lejanos, de pies en el lado izquierdo del escenario.]

Ustedes no lo vieron y quizás no sirva de mucho contarlo. De lo que pasó aquel día, solo quedan algunos celajes que se me descarrilan en la memoria. Unos gritos de mujeres, unas rabias de hombre cercadas por el miedo, el espanto apareciendo como víbora de siete cabezas y después la noche y también el silencio. [Vuelve la música un poco más lejana. La Mujer Galipote se quita el pañuelo, lo ofrece por unos segundos al cielo, y lo deja caer.] Las abejas detuvieron su ir y venir sobre los framboyanes. Las nubes parecían agruparse para convocar al aguacero, pero el aire se enrarecía sin que llegara a desatarse la lluvia. El monte se crispaba de terror y sobre los cogollos de las palmas, las garzas y las gallaretas parecían estatuas empequeñecidas, sin ánimo alguno de levantar el vuelo. Yo escuché el canto de la tierra debajo de mis pies, otros elegidos juran que lo escucharon. Papá me llamó aparte para explicármelo:
«Son los ríos», dijo, vienen corriendo por debajo para despedirme. Hizo que cerrara los ojos, y ahí estaba, el agua entre las piedras palpitando.
[La Mujer Galipote sale de la escena y se escucha el sonido del agua corriendo entre las piedras. Al terminar el sonido se ilumina por completo el escenario. Detrás de una mesa que sirve de escritorio, un

oficial juega con el tambor del revólver dándole vuelta y simulando dispararle a un punto impreciso en la pared. Justo detrás del militar, un letrero escrito a mano reza: «Todo por la patria».]

GUARDIA. [Entrando, choca con estruendo los tacones y saluda militarmente.] Respetuosamente, comandante..., le traigo el informe que pidió. [Le alarga un sobre que el oficial no ve.]
COMANDANTE. [Sin dejar de jugar con el tambor del arma.] ¿Leyó usted el informe, soldado?
GUARDIA. No...señor, lo enviaron conmigo, pero no me dieron orden de leerlo.
COMANDANTE. [Sin verlo.] Pero tengo entendido que usted sabe leer.
GUARDIA. Sí, señor, me alfabetizaron antes de unirme al ejército. Pero como casi no practico, solo puedo leer bien las líneas cortas.
COMANDANTE. Pero ese informe debe tener líneas cortas y otras más largas... ¿Verdad soldado?
GUARDIA. [Nervioso.] No podría decirle señor, porque no lo he visto, señor.
COMANDANTE. [Mirándolo por primera vez.] Descanse soldado.
[Extiende la mano para tomar el informe.]
GUARDIA. Pido permiso para retirarme... señor.
COMANDANTE. Todavía no, soldado. Vuelva a ponerse en atención hasta que se le ordene otra cosa.
GUARDIA. [Tocando los talones.] Sí señor.
COMANDANTE. Dígame una cosa, soldado. ¿Es usted nacido y criado en Las Matas de Farfán?

GUARDIA. Sí señor, nací en Matayaya, pero me hice hombre en Carrera de Yeguas. Como quien dice, soy de Las Matas de Farfán.
COMANDANTE. ¿Sus padres son también de ahí, soldado?
GUARDIA. No señor, mi papá es del Corral de los Indios, del mismito San Juan de la Maguana y mi madre es de Elías Piña, de donde le dicen Río Limpio, como quien va para Sabana Larga, señor.

COMANDANTE. Es decir que usted es sureño por los cuatro costados.
GUARDIA. Sí, señor.

COMANDANTE. Lo tendré en cuenta. [Lo bordea como inspeccionándolo.] Las gentes del sur parecen amigables, pero son hombres de cuchillo alegre. Guineas que parecen dormir, pero siempre están en vela, acechando por las rendijas de las casas para ver cuándo tienen que hacer una de las suyas. Si por mí fuera, esa tierra no existiera, no fuera parte de este país. Si me dejan ese asunto para que yo lo resuelva, enderezo a los que tienen componte y fusilo a los que no tienen arreglo. [Como reflexionando.] Le doy ese territorio a los haitianos y muerto el perro, se acabó la rabia.

GUARDIA. Comandante... ¿y usted ha probado el queso con orégano que fabricamos por allá, es una delicia si es acompañado de unas galletas matera?

COMANDANTE. Sí, lo he probado. El queso y las mujeres de tu tierra son iguales. Buenas el primer día, después no tanto.

GUARDIA. ¿Jefe y su señora es de la capital?

COMANDANTE. No, ella es de Las Matas, por eso es que lo digo. [Mirando someramente el sobre con el informe sin abrir.] Dígame una cosa, soldado... ¿Usted cree en Dios y la virgen?

GUARDIA. Sí señor. En mi familia todos somos creyentes.

COMANDANTE. ¿Y en la brujería, soldado...usted cree en el poder de los brujos...?

GUARDIA. No tanto señor.

COMANDANTE. [Acercándosele a la cara.] ¿Cómo que no tanto? ¡Cojoyo! ¿Usted cree o no cree en los brujos, soldado?

GUARDIA. [Algo nervioso.] Pues... señor... yo soy católico desde chiquito. A mí me bautizaron en la misma iglesia donde es patrona Santa Lucía. Pero hay gente que tiene sus luces... que conoce misterios... Yo me confieso y comulgo en la iglesia... pero en el pueblo, hay viejos que ensalman las huellas de las bestias y a donde esté el animal, allá va el ensalmo y se le caen los gusanos. Eso yo lo vi, no me lo contó nadie, señor. [Rememora.] Yo mismo tuve un tío, llamado Venancio Céspedes, que nació por la vera de donde le dicen El Cercado... Él tenía un resguardo bebío. Un curioso se lo preparó en un trago de café amargo y le dio protección hasta que mi tío se cansó de vivir y, por cuenta propia, él mismo se bebió otra toma para rechazar el resguardo.

COMANDANTE. Estupideces... Una partía de vagos creyendo en cabayá, en cuentos de caminos, poniéndole asunto a todo lo que dice la gente sin oficio.

GUARDIA. Bueno, pero a mi tío ni las balas le entraban. Ese hombre no salía de una gallera buscándose la muerte, pero le tiraban con un puñal y el filo no le hacía nada. Lo iban a buscar a su casita para matarlo y aparecía sin un rasguño por los lados de Bánica. Una vez una mujer celosa le ofreció un jugo, pero era nomás para envenenarlo y el vaso se rompió solito sin que nadie lo tocara...

COMANDANTE. ¿Y de la familia de su tío cuántos están vivos, soldado?

GUARDIA. Era una familia muy larga señor, pero los viejos se han ido muriendo. Otros se fueron para la capital porque se dañó la agricultura y algunos viven por Rancho Arriba de Ocoa. Así que, en el pueblo solo quedamos unos cuantos hombres y algunos nietos de los viejos, señor.

COMANDANTE. Entonces ya no hay brujos, ni sabios, ni curiosos, ni adivinos, ni magos, en Las Matas de Farfán.

GUARDIA. No estoy muy seguro, señor, porque los jóvenes, al igual que usted, no creen en eso. Pero la gente mayor, dice que aún quedan dos hermanos que tienen las luces de los viejos que se murieron.

COMANDANTE. ¿Y usted que estuvo cerca de su tío qué opina? ¿Cree que esos hermanos que quedan tengan el mismo poder que el tío suyo?

GUARDIA. No lo sé, señor. Pero tienen la misma sangre y viven en el mismo sitio.

COMANDANTE. [Con enojo contenido.] Pero, ¿a ellos se le puede matar como mataron a su tío cuando renunció al resguardo?

GUARDIA. De matarlo... matarlo, no se lo aseguro, señor. Porque eso solamente lo sabe Dios.

COMANDANTE. [Vuelve a mirar someramente el sobre.] Está bien, retírese soldado.

GUARDIA. [Toca los tacones y se dispone a salir.]
COMANDANTE. Venga acá soldado.
GUARDIA. [Regresa y vuelve a sonar los tacones.] Ordene, señor.
COMANDANTE. ¿Usted sabe si en la tropa hay algún guardia que sepa leer correctamente?
GUARDIA. Sí, señor, el cabo Ramírez debe saber hacerlo. Él se pasa todo el tiempo con un libro en la mano cuando no está de servicio.
COMANDANTE. Dígale que deje de hacer lo que sea que esté haciendo y que venga inmediatamente a hablar conmigo.
GUARDIA. Sí, señor. [Se retira.]
COMANDANTE. [Abre el sobre y tira el informe sobre la mesa.] Coño, venir a tocarme a mí esta pendejá de averiguar si los que quedaron tienen también el misterio.
[Vuelve a la silla a jugar con el revólver, se oye un toque de diana que anuncia el cambio de guardia.]

Escena dos

[La escena da inicio en el mismo escenario del primer acto. El cuarto está parcialmente a oscuras. La luz del perseguidor cae sobre un tambor que está pintado en tono tricolor. Se escucha de fondo el sonido de una guitarra ejecutando un ritmo pambiche. Cuando cesa la música entra a escena desde el lado derecho del escenario la Mujer Galipote.]

MUJER GALIPOTE. Mi padre nunca escupió la tierra. Tenía una devoción inquebrantable por ver los primeros rayos del sol de cada mañana, pues para él, cada amanecer era un milagro y un espectáculo. Jamás subía el tono de la voz y les hablaba a los animales como si tuvieran el mismo lenguaje. Bebía junto a su caballo en el mismo riachuelo camino a la sierra. Nadie le escuchó maldecir, por difícil que fuera el momento. Miraba a los otros como si fueran trans-

parentes; de tan solo verlos, sabía de qué material estaban hechos y qué cosa podrían hacer y cuáles les estaban prohibidas.
[Se silencia el tambor. En el fondo del escenario aparece en una secuencia fotográfica, las imágenes de los seguidores del laborismo, el santuario donde Liborio oficiaba su ministerio, la tinaja de donde extraía el agua que ofrecía, el cuerpo sin vida de Liborio en una parihuela y el contingente militar que actuó en Palma Sola.]
Podía ver con claridad dónde se encontraba el amor y dónde se agazapaba la muerte. Así que su partida no fue una desgracia fortuita. Quizás fue un hecho impredecible para los que lo mataron, pero no para él, que sabía con absoluta certeza el día y hora de su muerte. Claro que eso solo lo entendía yo, que estuve a su lado desde mucho antes de que mi madre dejara de amamantarme.
[Vuelve el sonido del tambor de manera lejana.]
Los que lo fusilaron estaban cercenando un cuerpo, quizás cortando de cuajo una vida, pero mi papá, que lo tenía previsto, caminó sin prisa, como siempre lo hizo, hacia el pelotón de fusilamiento. Matándolo como hombre, le daban en el escarnio la dimensión de mártir, la justificación necesaria para el advenimiento del galipote, el lugarú poderoso que salía de noche a recorrer los campos, para así dar comienzo a la primera reencarnación de un hombre pobre. [Se ilumina la escena.]

GUARDIA. [Entrando. Hala con una soga al Oficiante maniatado.] Con su permiso, comandante. Aquí está el hombre que mandó a buscar.

COMANDANTE. Saca el revólver y lo pone sobre la mesa.] ¿Cómo se llama este gavillero?

GUARDIA. [Hace mutis y hala por la soga al Oficiante maniatado.]

COMANDANTE. ¿No me escuchó, soldado? ¡Carajo, cómo se llama este tunante!

GUARDIA. [Al Oficiante maniatado, con autoridad.] Civil, diga su nombre.

OFICIANTE. Antes yo tuve un nombre, pero ya eso no importa. Ahora me llamo Liborio.

GUARDIA. [Mediando.] Diga su nombre de pila, con el que lo conocen en el pueblo, como lo bautizaron. No se busque más problema, mire que...

COMANDANTE. [Interrumpiendo.] Para mí, sí es importante. [Haciendo gesto con su mano izquierda hacia el cielo] Me gusta saber a quién le despacho a San Pedro.

GUARDIA. Busca entre los bolsillos del oficiante y saca una cédula, de la cual lee.] Se llama José Popa, señor. [Le extiende el documento al Comandante.]

OFICIANTE. Al pobre de José Popa lo fusilaron el 27 de junio de 1922. Esa cédula era su identificación. Yo solo tengo mi palabra y nada más.

COMANDANTE. ¿Entonces usted conoció muy bien al otro, al que le decían Papá?

OFICIANTE. Lo que se llama conocerlo, no señor.

COMANDANTE. ¿Pero, fue su seguidor, estuvo con él en esa pendejá de creerse Dios?

OFICIANTE. No fui su seguidor.

COMANDANTE. ¿Por qué no, si usted anduvo con él?

OFICIANTE. Porque el viejo tampoco seguía a nadie.

COMANDANTE. A ver, explíquese, ¿cómo es eso?

OFICIANTE. [Piensa un momento, se acerca y da tres toques al tambor con las manos atadas.]

GUARDIA. [Halando al Oficiante para que retroceda.] No se busque más vainas, señor Popa. Hable claro y responda lo que le preguntan.

OFICIANTE. El solamente quitó los matojos para que yo viera el camino. El que bebía del agua de su tinaja, no necesitaba que le hablaran mucho.

COMANDANTE. [Con ironía.] ¿Entonces a usted lo fusilaron en el veintidós? ¿Se escapó de la muerte y reapareció en Carrera de Yeguas, metiéndose en más problemas? Volvió para provocar a la guardia, para que lo fusilen otra vez.

OFICIANTE. Ni usted ni yo tenemos poder sobre la muerte.

COMANDANTE. [Se acerca al Guardia y le quita la soga y hala al Oficiante.] Pero tengo poder sobre la vida. Sobre la miserable vida de todos esos... comemierdas que se creen hijos de Dios. Ustedes son brujos, adivinos y magos allá en su loma, pero aquí, yo soy el que decide en quién creer y cuándo arrodillarse. [Lo hala más, hasta tener su cara a pocos centímetros.] Apuesto a que se te quita lo divino, después de una semana de hambre y tres pelas diarias con un chucho.

OFICIANTE. [Le muestra las manos atadas mientras habla.] Se equívoca comandante. Deje su aspaviento para otro que no haya bebido de la tinaja del viejo. Usted no puede hacerle daño a un hombre que ya fue fusilado.

GUARDIA. [Halando al oficiante para reducirlo a la obediencia.] Tranquilo Don José. Respete al comandante o me va a obligar a maltratarlo.

COMANDANTE. [Toma el revólver de la mesa y apunta a la cabeza del Oficiante.]

EL OFICIANTE. [Se persigna con las manos atadas.] ¡Salga el mal y entre el bien!

EL GUARDIA. Piénselo bien, comandante. Este hombre tiene mucha familia. [Como rogando.] Hágalo, aunque sea por mí, comandante. Yo soy de ese sitio y esa gente sabe que fui yo quien lo trajo... [Un poco nervioso.] Estoy recién casado, señor y la mujer me salió embarazada... Yo no quisiera dejarla sola, desamparada... Ni al muchachito huérfano.

COMANDANTE. [Autoritario] Está bien, soldado. Lléveselo. Que lo cuelguen por las muñecas en el palo más alto y que nadie hable con él. Y usted vuelva inmediatamente.

EL GUARDIA. [Saluda militarmente y se lleva al Oficiante.]

COMANDANTE. [A manera de soliloquio.] Del segundo fusilamiento no te salva nadie. No importa lo cerca que hayas estado del otro, ni cuantas veces haya bebido de la tinaja. [Revisa el tambor del revólver.] Contra estos pedazos de plomo no hay misterio que valga.

EL GUARDIA. [Entrando.] Orden cumplida, comandante. Está colgando y aislado. Nadie se acercará a veinte metros de distancia.

COMANDANTE. Mañana a primera hora, salga para las Matas. Me trae amarrado como un andullo a otro de los creyentes. Asegúrese que el que traiga esta vez, sepa mucho más del asunto. Que no hable tan enredado como el que está colgando o de lo contrario a usted también lo subo al palo de roble.

EL GUARDIA. De ir yo voy desde que amanezca, comandante. Pero no creo que sirva de mucho ir y traer a otro hombre.

COMANDANTE. ¿Qué está usted diciendo, carajo?

EL GUARDIA. Comandante no importa a quién traiga. Todos le dirán lo mismo. Que salga el mal y entre el bien..., que bebieron del agua que daba el viejo..., que lo vieron curar a la gente con un trago de ron y la tirindanga..., que él sanaba a las bestias con tan solo un rezo y un ensalmo.

COMANDANTE. Con enojo y golpeando la mesa.] Tráigalos y lo cuelgo a todos a ver qué van a decir.

EL GUARDIA. Delo por hecho comandante, pero sepa que todos van a decir que nada les importa. Que no temen ni a la muerte ni al hambre. Que el 27 de junio de 1922, todos cayeron fusilados. [Saluda militarmente, choca los tacones y sale.]

COMANDANTE. [Se recompone el uniforme y el quepis. Mira fijo hacia el público en silencio. La luz del perseguidor cae sobre el tambor.]

Escena tres

[La escena da inicio en el mismo escenario del segundo acto. El cuarto está Iluminado y se oye un toque de corneta llamando a formación de tropas. El Comandante viste ropa de campaña, revisa la cartuchera y pasa inspección al revólver. En una esquina del escenario, junto a la mesa, descansa el tambor del oficiante y el machete con las cintas de colores amarradas a la empuñadura. El Comandante da pasos en círculo dentro del cuarto, intenta releer el informe, pero luego lo deja. Su nerviosismo es creciente.]

EL GUARDIA. [Entrando, vestido con ropa de campaña.] Permiso comandante. [Suena los tacones y se cuadra militarmente.]

COMANDANTE. [Dejando de dar vueltas en círculo.] Descanse, soldado. Rinda el informe.

EL GUARDIA. [Sin abandonar la posición.] Todo listo señor. Solo esperan por sus órdenes

COMANDANTE. ¿Con quienes cuento para esta operación?

EL GUARDIA. Diez rasos de primera clase. Cinco cabos, un Sargento de A y C, un Sargento Mayor…

COMANDANTE. ¿Solamente eso soldado?

EL GUARDIA. También tenemos veinte civiles que se pusieron a la orden de usted para lo que haga falta. Pero como no son guardias, no los cuento como parte del batallón, señor.

COMANDANTE. Asegúrese de que estén listos para cuando yo lo ordene. Que le den desayuno solamente a los civiles. No le digan hacia dónde vamos ni a qué vamos hacia allá. Que ninguno de los voluntarios tenga arma de fuego. Aunque se le puede permitir puñales que no sean de gran tamaño, ni que los lleven en forma visible. [Recordando.]

Ah, si alguno de los voluntarios muestra temor o creencia en espíritus, despáchelo para su casa sin darle la paga. Le dice que este no es su asunto… ¿El cura del pueblo ya llegó, soldado?

EL GUARDIA. Fue el primero en llegar, señor. Vino disfrazado de paisano, vestido como los demás voluntarios. Hasta me costó reconocerlo.

COMANDANTE. Así está mucho mejor. [Se escucha otro toque de corneta y sonidos de hombres marchando y coreando voces.]

EL GUARDIA. ¿En qué lugar será la operación, señor?

COMANDANTE. En San Juan de la Maguana, soldado. En un paraje que le llaman Palma Sola.

EL GUARDIA. Señor, le voy a pedir que, en cuanto termine mi deber, me deje ir a casa de mi taita a pedirle la bendición. Él ha vivido en San Juan toda su vida.

COMANDANTE. [Autoritario.] ¿Y usted que se ha creído, que vamos en un viaje de vacaciones, a bañarnos en la playa, o a beber ron en el Tupinamba?

GUARDIA. No señor. Cambié de planes. No iré a visitar a mi taita.

COMANDANTE. Es a partir en dos pedazos a unos hombres que siguen a un tal Romilio y a otro que solo lo conocemos de oídas y que le dicen Ventura.
GUARDIA. Pero esa es gente buena, Comandante. Yo los conozco. Nunca le han hecho mal a nadie.
COMANDANTE. No, soldado, esos son rufianes peligrosos. Enemigos del ejército. Desbocados que andan diciendo que van a repartir una tierra que no es suya. Gente que no quiere saber de ese uniforme que usted tiene. ¿Le quedó claro, soldado?
GUARDIA. Quizás le informaron mal, mi Comandante. Yo he estado con ellos y esa gente no es como le dicen. [Intenta convencerlo.] Son gentes que no tienen nada en la vida, pero tampoco desean lo que no es suyo. Viven como si mañana no fuera otro día, comandante. Reparten cada día lo que consiguen y lo dan con alegría a todos los que van a buscar remedio.
COMANDANTE. [Decidido.] La orden que tengo es otra. Y por lo tanto su deber también. Tenemos que eliminarlos. A los más jóvenes los fusilamos en el acto, sin preguntarles nada. A los más viejos los colgamos como los que están allá afuera.
GUARDIA. Y usted, comandante, ¿cree en Dios y en la virgen?
COMANDANTE. Claro, soldado, pero no en el Dios ni en la virgen de esa gente.
GUARDIA. ¿Sabe usted una cosa, Comandante? Mi taita anduvo juntiningo con El Viejo. Él me dijo que lo oyó decir muchas veces que había un solo Dios y una sola virgen sin importar quien le pida por un milagro.
COMANDANTE. Pues que Romilio y Ventura le pidan protección al Dios de ellos. Porque el mío hoy va de caqui y verde olivo para San Juan de la Maguana.
GUARDIA. Por lo menos, Comandante, perdóneles la vida a los jóvenes. Los viejos quizás no cambien de forma de ver la vida, pero la gente joven siempre puede encontrar otro camino.
COMANDANTE. [Con rabia.] De ninguna manera. ¡Carajo! Hay que acabar con los que han crecido torcido y arrancar de cuajo a los que quieren crecer y torcerse. [Más calmado.]
Salga y dígale al raso de la corneta que llame a formación. Salimos en cinco minutos.

GUARDIA. Sí, comandante. [Saluda militarmente y sale.]
COMANDANTE. [Se acicala el uniforme, se ajusta el quepis y toma el informe que está sobre la mesa.]
GUARDIA. [Entra y saluda militarmente.] La tropa está preparada señor. Los civiles y el cura están en formación de un brazo de distancia detrás de los rasos. Los sargentos están al frente, señor.
COMANDANTE. Buen trabajo, soldado.
GUARDIA. Señor, ¿puedo quedarme con el tambor y el machete?
COMANDANTE. [Con firmeza] De ninguna manera. Esas porquerías van a ser quemadas junto con los ranchos de tejamaní, donde vive esa gente. El general no quiere que quede rastro de que una vez existieron. No nos podemos dar el lujo de cometer el mismo error de aquella vez. Dejar algunos con vida y que luego aparezcan los hijos y los nietos, con el aleluya de que ellos también son enviados por Dios.
GUARDIA. Comandante, esos campesinos no le tienen miedo ni a la muerte ni al hambre. Los que usted colgó se mantienen cantando.
COMANDANTE. Ya es hora, avancemos, vámonos de aquí. A lo mejor ellos le temen al fuego. Ya veremos cuando queme los bohíos.
GUARDIA. Yo no iré con el batallón, comandante. Yo no voy para Palma Sola.

COMANDANTE. [Agresivo.] ¡Mire, buena mierda! Usted no es quien decide lo que se va a hacer. Dije que nos vamos y eso hará o lo fusilo también sin ni siquiera pasarle consejo de guerra.
GUARDIA. [Saca el revólver y le apunta.] Váyase usted comandante al encuentro con la muerte. Yo me quedo aquí con el tambor y el machete del Viejo.
COMANDANTE. [Hace intento de sacar su revólver, pero se detiene amenazante.] A ti también te voy a colgar del palo de roble. Y de paso, le quemo la casa a tu taita.
GUARDIA. [Rezando.]
«Con el poder de María
y también de Jesucristo,
se terminarán los malos
y quedarán los benditos»

COMANDANTE. [Sorprendido.] ¡Coño, también hablas como ellos!
GUARDIA. [Mientras reza, se descubre la cabeza y debajo del gorro militar tiene un pañuelo amarillo amarrado.]
Por los clavos de la cruz,
por la sangre del madero,
los justos van a la gloria
y los malos al infierno.
COMANDANTE. Tú también has crecido torcido como esa gente. [Va hacia el guardia e intenta desarmarlo. Se escucha un disparo y el comandante cae.]
GUARDIA. [Le habla al Comandante que yace inmóvil.] Sí, comandante, mi taita estuvo en el monte acompañando al Viejo. Anduvo a su lado desde que era un muchachito. Lo hizo de puro gusto, así que el Viejo no tuvo necesidad de predicarle nada. A mí tampoco me reclamaron nada. Ni Ventura ni Romilio me pidieron cosa alguna. Tan solo me ofrecieron un poquito de agua de la que traían en la tinaja y entonces ya todo estuvo claro. Yo también perdí el nombre y ahora me llamo Liborio. A mí también me fusilaron en 1922.
[Sale y la escena se va tornando oscura lentamente. La luz del perseguidor vuelve a caer sobre el tambor y el machete.]
MUJER GALIPOTE. [Aparece en escena por el lado izquierdo del escenario. Tiene de fondo una música de atabal lejana.] Hace mucho tiempo que en Las Matas de Farfán no vuela el sinsonte. La tierra se reseca y muere, nadie habla con los animales, ni sube a la loma cantando una salve de alabanza. Ninguno conoce la razón por la que las nubes se niegan a desatar el aguacero. Pero aún sigue de pie el palo de roble donde colgaron a los que se dijeron amigos del Viejo y a veces, en una casa de tejamaní, alguien ofrece un poco de agua de tinaja y los elegidos escuchan al arroyo que viene cantando por debajo de la tierra. Ustedes no lo han visto y quizás no sirva de mucho contarlo.
[Se quita el pañuelo, lo ofrece por unos segundos al público y lo deja caer. La escena va oscureciendo hasta quedar en penumbra. Se escucha una salve acompañada de un atabal.]

[A CAPELA]

En el nombre de la cruz
entre el bien y salga el mal,
que Liborio está cantando
en la voz del atabal.
Que Liborio está cantando
en la voz del atabal.
Que Liborio está cantando
en la voz del atabal.

[CANTADO]

En el nombre de la cruz
entre el bien y salga el mal,
que Liborio está cantando
en la voz del atabal.
Que Liborio está cantando
en la voz del atabal.
Que Liborio está cantando
en la voz del atabal.

Liborio se fue y volvió
en el hombre que trabaja,
curando los campesinos
con agua de su tinaja.
curando los campesinos
con agua de su tinaja.

Entre el bien y salga el mal
y se termine la guerra,
que se reparta el amor,
que se reparta la tierra.
que se reparta el amor,
que se reparta la tierra.

Cuando Liborio se iba

de la loma y de la sierra,
bajaron a despedirlo
todos los ríos de la tierra.
bajaron a despedirlo
todos los ríos de la tierra.

Liborio.
Ombe.
Liborio.
Ombe.
En la maguana
hay una ermita,
En la maguana
hay una ermita,
donde Liborio
da agua bendita.
donde Liborio
da agua bendita.
Cuando Liborio se iba
de la loma y de la sierra,
bajaron a despedirlo
todos los ríos de la tierra.
bajaron a despedirlo
todos los ríos de la tierra.

Liborio.
Ombe.
Libroio.
Ombe.

En la Maguana
hay una ermita,
En la Maguana
hay una ermita,
donde Liborio
da agua bendita.
donde Liborio

da agua bendita.

Liborio...
Ombe...
Liborio…
Ombe…

[La escena oscurece completamente]

Fin de la pieza

EL CANTANTE DE LA CAMA 15
Drama en tres actos

PERSONAJES

SIQUIATRA. Estudió en Francia. Es un escritor frustrado, buen lector. No considera la locura una enfermedad, sino un estado transitorio de la mente.

ENFERMERA. Joven realista y rebelde. Sueña con irse a estudiar en el extranjero.

CANTANTE. Tiene 40 años. Tiene alucinaciones y episodios de delirio que intercambia con momentos de lucidez y reflexión.

ELENA. Es esposa del cantante. Bailarina y actriz que sirve de lazarillo en los momentos de delirios del cantante.

«Cualquier imbécil puede ser Héctor o Aquiles. Lo difícil es ser Ulises con una Troya ardiendo en la memoria»

Arturo Pérez-Reverte

El cantante de la cama 15
Primer acto

[La escena da inicio en la oficina del director de un sanatorio. Sobre el escritorio hay un cráneo de material sintético y un estetoscopio. En la pared cuelgan unos cuantos diplomas que dan fe de la capacidad científica del médico. Justo detrás de la silla y en forma visible, un cuadro del presidente de la república. En una pequeña mesa un tocadiscos y algunos discos de pasta. A la derecha del espectador un letrero escrito a mano reza: «Todos nacemos locos. Algunos continúan así siempre» Es el invierno de 1946.]

ENFERMERA. [Entrando y dirigiéndose al doctor.] Hoy don Eduardo amaneció peor. Está más loco que nunca. Será porque tenemos luna llena y los espíritus de la locura andan sueltos.

PSIQUIATRA. [Responde sin quitar la vista de un expediente médico.] Por esa razón es que ellos están aquí y no en otro lugar. La condición mental de un interno es muy variable. Cualquier factor por pequeño que parezca puede desencadenar una crisis o sacarlos del túnel.

ENFERMERA. Usted es el que conoce la ciencia y sabe los vericuetos de la mente. Pero para mí, que su favorito, acabo de perder lo que le quedaba de juicio. Ese ya no sale del laberinto donde se ha metido.

PSIQUIATRA. [Deja de revisar el record médico y mira a la enfermera.] Mientras un paciente respire, existe la posibilidad médica de ahuyentarle los fantasmas de su cerebro y traerlo de vuelta a la cordura. [Medita unos segundos en lo que ha dicho.] Además, yo no tengo favoritos. Todos necesitan volver a sus hogares. Y yo estoy aquí precisamente para lograr que eso sea posible.

ENFERMERA. Usted y yo sabemos que eso no es verdad. Claro que tiene un enfermo especial, un favorito de su preocupación.

PSIQUIATRA. [Con algo de enojo contenido.]
No es verdad y no puede serlo. Yo me debo por entero a un juramento que hice, a mí me rige una deontología médica, no soy un hombre común y corriente; soy y seré siquiatra para siempre. ¿Le quedó claro?

ENFERMERA. [Arrepentida.] Perdón... Doctor ... Excuse mi expresión. [Justificándose.]
Yo pensé que era diferente. Todos los que trabajamos aquí vemos su interés en la salud del enfermo de la cama 15. Las veces que le pasa visita. El tiempo que le dedica a su conversación con él.
PSIQUIATRA. En medicina, y espero que recuerde esto, enfermera, lo justo no consiste en darle a todos los internos el mismo trato. Lo verdaderamente honesto es dar a cada cual en la proporción que lo necesita. Algunos de ellos ni siquiera necesitan medicación. Para traerlos de vuelta solo hace falta una cura de sueño para que puedan creer de nuevo en la gente.
ENFERMERA. Pero yo no veo que se curen.
PSIQUIATRA. Eso depende de su concepto de la enfermedad
ENFERMERA. La vieja que se creía reina de Inglaterra, usted dijo que se había curado y ya está de regreso. El moreno de San Juan que tocaba el violín imaginario permanece un mes fuera y seis meses dentro. Y La muchacha que le da el seno a una muñeca de trapo, viene y va... va y viene.
PSIQUIATRA. La medicina no es una ciencia exacta. No estamos arreglando un automóvil, ni desarmando una plancha eléctrica. La mente es otra cosa. [Reflexionando.]
La locura es la soledad total. El grado sumo del abandono de todo, del desamparo íntimo, de la renuncia hacia todo lo que una vez se amó. Primero renuncian al amor, a la virtud, a la fe. Luego, gradualmente comienza el desapego final. Entonces ya no importa el estado del cabello, ni olor de la piel, ni el sabor de lo que se come. Cuando se llega a ese punto, ya no hay retorno, solo hay un sitio seguro para ellos y es la guarida oscura de la mente que se va degastando día tras día.
ENFERMERA. Usted me perdona otra vez, señor director, pero una cosa es lo que dicen los libros y otra cosa es lo que pasa en el patio. [Con ironía.] Para mí que los locos no se curan. Ustedes los siquiatras solamente ganan tiempo. Como son muchos pacientes. Mandan los que están mejorcitos para que vuelvan a sus casas, en lo que ustedes bregan con los que están peores. Cuando logran componerle la mitad del juicio a los que están acá, los mandan a la calle, para hacerle espacio a los que vienen, para tener camas disponibles, pues

los que se fueron primero se volvieron locos otra vez y regresan. Como la vieja que se cree reina y el músico de San Juan.

PSIQUIATRA. Tienes razón en parte. Pero mi deber es otro. Mi misión es poner un poco de luz en las mentes que se oscurecieron por el dolor o por la tristeza. Los que no ven la puerta de salida que le cerró la tortura o la vergüenza. Yo no hago milagros. Yo a lo más que aspiro es a mostrarle el camino que lo lleve de vuelta a la cordura que perdieron. Aunque en el trayecto descubran que es mejor estar loco aquí y no cuerdo en el horror de cada día. Por eso no juzgo a los que regresan.

[Se oye una canción que va creciendo y haciéndose más audible.]
«Lindo capullo de alelí
si tú supieras mi dolor
correspondieras a mi amor
y calmaras mi sufrir
porque tú sabes que sin tí
la vida es nada para mí
tú bien lo sabes,
capullito de alelí...»

ENFERMERA. Arrancó otra vez su cantante. Parece que la fiesta va a empezar temprano.

PSIQUIATRA. Es completamente inofensivo. Inocuo, como diría mi profesor de morfología y biología molecular.

ENFERMERA. De remate, como diría mi mamá, si estuviera viva. [Se torna sobria.]

¿Qué hago con él, doctor? ¿Lo inyecto de nuevo?

PSIQUIATRA. No, no lo inyecte. Una carga química para su pobre mente le haría más mal que bien. Deje que termine de cantar y dígale que venga. Tráigalo con usted.

ENFERMERA. Como usted diga doctor. [Sale.]

PSIQUIATRA. [Termina de revisar el expediente médico. Va a la parte atrás de la oficina y coloca junto al tocadiscos una colección de discos de vinilo. Alguien toca a la puerta.]

Pase. Siempre está abierto.

ENFERMERA. [Desde el umbral.] Pase don Eduardo. Es su amigo el doctor que quiere hablar con usted. Venga sin miedo que no lo van a inyectar.

CANTANTE. [En forma de murmullo para sí mismo.] El médico quiere verme.
PSIQUIATRA. [A la enfermera.] Gracias, muy amable, puede retirarse. Déjeme a solas con él.
ENFERMERA. A su orden doctor. [Sale.]
PSIQUIATRA. [Se dirige hacia el tocadiscos y busca entre las grabaciones mientras habla.] Está muy romántico hoy. Me da gusto que estés tan contento.
EL CANTANTE. Voy a cantar hasta que termine la guerra.
PSIQUIATRA. Querido amigo, estamos en época de paz. No tenemos contienda de ningún tipo.
EL CANTANTE. [Habla sin mirar al interlocutor.] Qué bueno que aún tengo buen timbre. Quiero que se oiga mi voz y no el ruido de los motores de los aviones.
PSIQUIATRA. ¿Quien compuso la hermosa canción que usted entonaba cuando lo fueron a buscar?
EL CANTANTE. Yo sé que no es el momento para cantar. Pero yo no sé hacer otra cosa para ayudar a la gente.
PSIQUIATRA. La ciencia aun no lo atestigua, pero la música tiene un gran poder curativo. Regenera las conexiones cerebrales dañadas. Ojalá y todos mis pacientes fueran cantantes, aunque no tan buenos como usted, don Eduardo.
EL CANTANTE. Nadie merece la muerte. Ni ellos ni nosotros, yo no sé qué ganan con matarnos.
PSIQUIATRA. [Elige el acetato de la canción «Como me besabas tú» y la tararea un poco sin haberla puesto.]
EL CANTANTE. [Le habla a un interlocutor imaginario.] El director de la orquesta se molestó un poco conmigo, pero tenía que decírselo a Serafini. Ese no es el tono en que yo canto. Yo podía hacerlo, pero era como traicionar un poco al que la compuso. El ruido de las bombas no me dejaba oír los violines, pero yo me la sé de memoria. Por eso la canté más fuerte para que me escucharan.
PSIQUIATRA. [Hace sonar el tocadiscos y gesticula como cantando.]
EL CANTANTE. [Al escuchar su voz en el disco se tapa los oídos con ambas manos.]

PSIQUIATRA. [Baja el volumen del aparato y se coloca en el umbral de la puerta y llama.] ¡Enfermera! Venga. Ahora sí necesita medicación.

ENFERMERA. [Entrando. Tiene jeringas y unas ampollas.] ¿Qué dosis le pongo esta vez, señor Director?

PSIQUIATRA. [Con pesar.] Póngale un CC de arsfenamina y uno de bismuto. Y déjelo que duerma, el pobre ha sufrido bastante.

ENFERMERA. [Mientras lo inyecta.] Tranquilo don Eduardo. Se va a poner mejor, ya verá [Se lo lleva lentamente.]

EL CANTANTE. [Desde la puerta.] Por favor doctor, no vuelva a poner ese disco.

PSIQUIATRA. [Apagando el tocadiscos.] ¿Por qué razón Don Eduardo?

EL CANTANTE. Porque ese artista ya no existe.

[Se marcha con la Enfermera.]

PSIQUIATRA. [Vuelve a escribir algunas notas sobre el expediente médico.]

Segundo Acto

[La escena da inicio en el pabellón de internos del sanatorio. La enfermera le ajusta unas correas al enfermo para sujetarlo a la cama, en lo que espera por la esposa para que autorice un tratamiento más agresivo contra la enfermedad. El paciente no se resiste, está en estado de delirio contante y a veces canta.]

ENFERMERA. [Revisando las correas.] Tranquilo don Eduardo. Míreme soy yo, su «norsa» predilecta. Confié en mí. No le va a pasar nada.

EL CANTANTE. [Mirando hacia el techo.] Sí don Eliseo. Usted tiene razón. La zarzuela es un arte mayor, pero entiéndame yo soy de Puerto Plata y en el Caribe al amor solo se le canta en bolero.

ENFERMERA. [Peinándolo.] Muy pronto le quitaré este amarre. Ni que usted fuera un toro bravo. Pero debe comprenderme, es por su bien. Si no lo hago ahora puede ser peor para su salud.

EL CANTANTE. Sí, es una pena que estén cerrando los teatros. Tengo tantas ganas de cantar su aria. Pero la muerte anda por las calles. Tengo la sensación de que moriré joven. A donde quiera que yo voy la tragedia me persigue.

ENFERMERA. No hable de cosas tristes. Usted es un mulato muy gracioso. Tiene una voz espectacular. Estoy segura de que las muchachas se mueren por una serenata suya. Usted ni siquiera necesita que vaya un guitarrista.

EL CANTANTE. Como no don Julio. Así será, no beberé nada frío antes del concierto. Pero no me quedaré en Nueva York. Es muy lindo cantar para públicos tan grandes. Pero yo prefiero el Trocadero. Ahí la gente me perdona si desafino y me aplaude, aunque solamente cante sones y guarachas.

ENFERMERA. [Intenta revisar el rostro para ver si necesita rasurarse.]

Si me promete no moverse mucho lo voy a afeitar y lo dejaré mucho más joven.

EL CANTANTE. [Reacciona violentamente cuando la enfermera lo toca.] ¡Tramposo de mierda! [Gritando más fuerte.] Eres un cobarde. Me golpea con la cabeza porque no puedes con los puños. Pero esa me la pagas antes de que acabe el round.

ENFERMERA. [Nerviosa, prepara la jeringa y lo inyecta.] Cálmese don Eduardo. Sea bueno conmigo que lo quiero mucho. El doctor casi llega. Ya mandamos a buscar a su esposa…ella ya está en camino.

EL CANTANTE. [Pasa de la ira a la risa con estruendo y luego al silencio.] Sí Piro, yo te la canto. Eso sí, me tienes que dar un par de pesos para comprarle un vestido a Elena.

[Canta.]

«Una mujer que yo vi
en una noche de luna
desde entonces yo sentí
una pasión que me abruma
era una mujer morena
la que me robo la calma»
[Detiene el canto y le habla a la Enfermera.]

¿Por qué me tienen amarrado, enfermera? ¿Hice acaso algo malo?

ENFERMERA. De ninguna manera don Eduardo. Le puse las correas porque estaba muy excitado, pero ya usted está de vuelta, en seguida se las quito.

ELENA. [Entrando acongojada.] ¿Qué le han hecho? ¿Por qué lo tienen así? [A la Enfermera.] ¿Es necesario atarlo de esa manera, como si fuera un animal salvaje? [Al Cantante.] Ya estoy aquí, amor mío. Vine a cuidarte.

ENFERMERA. [Responde a Elena, pero mirando al Cantante que empieza a dormir.]

Él está bien cuidado señora. Aquí queremos mucho a su esposo. Pero usted sabe por lo que él atraviesa. Su mente se alborota mucho y luego se calma. Ya la enfermedad le subió a la cabeza. Tengo dos horas conversando con él y no ha dicho una sola cosa que tenga sentido.

ELENA. [Con pesar.] Para entenderlo solo hay dos caminos. Amarlo como yo lo he amado o haber vivido a su lado. Algunos han estado a su lado, como usted señorita, pero usted no lo ama. El solo ha tenido en la vida mi amor y su voz. [Hace una pausa pequeña como meditando.] Ya la voz también lo abandona. Solo le quedo yo para que no muera tan solo.

PSIQUIATRA. [Entrando y dirigiéndose a la Enfermera.] ¿Por qué no lo han afeitado como ordené?

ENFERMERA. [Disculpándose.] Iba a hacerlo ahora mismo doctor. No ha sido fácil calmarlo. Tuvo episodio de ira y temí no poder contralarlo. Por eso no esperé por usted para medicarlo. Si no le administro el bismuto ponía en riesgo su vida.

ELENA. Déjeme hacerlo a mí. Yo lo he afeitado toda una vida.

ENFERMERA. [Saca del bolsillo de la bata la navaja y la entrega.] Buena idea. La última vez que lo hice lo corté sin querer. Nada mejor que una mano que conoce la piel para devolverle la calma.

PSIQUIATRA. [A la Enfermera.] Vaya a mi escritorio, abra la gaveta de la derecha y tráigame un sobre blanco que tiene un escudo dorado.

ENFERMERA. Enseguida doctor. [Sale.]
PSIQUIATRA. [Hala de la mano a Elena y se alejan unos metros de la cama.] Doña Elena, Eduardo y yo necesitamos de su ayuda.
ELENA. Por eso estoy aquí, doctor. Yo hago lo que sea necesario por él.
PSIQUIATRA. Sí, yo lo sé, de eso estoy seguro. Por eso mismo le pedí que viniera.
ELENA. Puedo amanecer junto a su cama evitando que se salga la aguja del suero. Lo puedo asear como es debido y en eso no necesito ayuda.
PSIQUIATRA. Si doña Elena conozco su disposición.
ELENA. Él siempre ha sido quisquilloso para comer, pero conmigo se come lo que sea, puedo alimentarlo mientras tiene puesta las correas.
PSIQUIATRA. No señora, no se trata de darle la comida. Aquí tenemos enfermera para eso.
ELENA. Entonces, ¿en qué asunto quiere que le ayude doctor.?
PSIQUIATRA. Queremos que don Eduardo vuelva a cantar.
ELENA. El todavía canta de vez en cuando pero ya se le olvidan las letras.
PSIQUIATRA. Necesitamos que cante, que cante bien. [Piensa en cómo decirlo.]
Se precisa que por lo menos cante tres canciones completas.
ELENA. Eso es mucho para él en estos momentos.
PSIQUIATRA. Es necesario que lo haga. Tenemos una emergencia y solo él, con el esfuerzo de usted, puede ayudarnos.
ELENA. Hace más de un año que no canta una pieza completa. Es como si en su mente se juntaran muchos ríos y cada uno demostrara su fuerza. La última vez que le oí cantar empezó a interpretar La Virgen Morena y pasó a los Gavilanes y luego al Ave María. [Se lleva las manos a la cara.] Esa enfermedad maldita está acabando con su mente y terminará acabando con mi vida.
ENFERMERA. [Entra con sigilo, entrega el sobre y sale.]
PSIQUIATRA. [Saca la carta del sobre y lee.] Doña Elena, dicen que el amor y la música pueden curarlo todo. Quizás ha llegado el momento de probar si eso es cierto.

ELENA. ¿No entiendo la urgencia de que Eduardo cante, el hospital tiene alguna velada?
PSIQUIATRA. [Le extiende la carta.] El Jefe viene el domingo a San Cristóbal. A veces la maldad quiere cruzar la puerta para ver lo que ocurre al otro lado. Parece que alguien le ha dicho que Eduardo tiene buena voz para cantar merengues y guarachas y ha pedido que su marido cante para él esa noche.
ELENA. [Lee y estalla enojada.] Pero usted sabe que Eduardo no puede cantar. Que está perdiendo el juicio.
PSIQUIATRA. Usted y yo lo sabemos, pero no encuentro la manera de decírselo al Jefe.
ELENA. [Subiendo la voz.] Dígale que el ya no es un cantante.... Que es un hombre enfermo ...que su cuerpo está aquí en Nigua, pero su mente está frente a los carabineros de la guerra civil... dígales que ya en su cabeza no hay lugar para los sonidos sino para el zumbido de las balas, dígale que la mente de Eduardo está a oscuras. Que ni el relámpago de mi amor puede alumbrar su cerebro.

PSIQUIATRA. [Con algo de ironía.] Yo fuera usted y tratara de que don Eduardo cantara, aunque sea una criolla. [Se prepara para marcharse.]
ELENA. No cuente conmigo para esa vaina.

PSIQUIATRA. [Saliendo.] Piénselo doña Elena. Piénselo bien. Si Eduardo no canta el domingo, usted, él y yo cantaremos el lunes en el Sisal.
ELENA
[Se abraza al Cantante.]

Tercer acto

[La escena inicia en el pabellón del sanatorio. Elena está sentada junto a la cama vacía, preparando la ropa con la que su esposo asistirá al concierto. El cantante está en la orilla de la playa cantando de frente al mar.]

EL CANTANTE. [A lo lejos.]
Anoche la enamoré
creyendo que era bonita,
y cuando me amaneció
salió tuerta la maldita.
Ay porque te enamoré
te pusiste a dar querella,
mira que la palma es alta
y lo puerco comen de ella».

ELENA. [Suspirando.] Gracias, señor por tu misericordia. Hoy está cantando como cuando lo conocí. Esa es la voz que anunciaba al hombre del que me enamoré

EL CANTANTE. [Cantando a la distancia.]
«El que quiera ser hombre
necesita poseer
buen caballo, un revólver
una silla y su mujer»

PSIQUIATRA. [Entrando.] Buenos días, Elena, ¿cómo le amanece?

ELENA. [Con parquedad.] Buenos días, doctor.

PSIQUIATRA. Doña, El capitán Rivera me llamó esta mañana para ver como marchaba el asunto.

ELENA. ¿Y quién es ese capitán?

PSIQUIATRA. Es uno de los asistentes del Jefe. Llamó para asegurarse de que don Eduardo cantará en la fiesta de esta noche. Ese hombre no está muy lejos de las bestias. Quise explicarle que su marido está quebrantado, pero, ni me dejó que terminara el razonamiento médico. Se limitó a decir: «El jefe quiere que el cante y lo hará, aunque sea la última vez que abra la boca».

ELENA. ¿Y usted qué le dijo?

PSIQUIATRA. Que haría todo lo que estuviera en mis manos y en las posibilidades de la ciencia, para que el jefe lo escuche cantar.

ELENA. Debió insistir, imponerse como médico. Decirle que existen más cantantes. Que no es necesario exponer al ridículo a un artista, solo porque ahora está disminuido en su salud y menguado en su talento.

PSIQUIATRA. Lo intenté, doña Elena, créame, se lo juro que lo intenté. Yo admiro también a su esposo. [Con pesar.] Pero hay personas a las que no se le puede decir que no.

EL CANTANTE. [A lo lejos, casi inaudible.]
Tan lánguida, tan leve y tan sublime,
cual de la luz el tímido temblor.
Es su pie que parece cuando oprime
que no tiene más peso que una flor.

ELENA. Eduardo está muy débil. El monstruo que crece dentro de él a cada minuto lo devora. Usted no lo vio cantar en Praga, ni en los palacios de Roma. Toda Europa deliraba bajo el hechizo de su voz. El abría la boca y era una cascada de agua limpia que entraba por los oídos hasta llegar al alma de los que lo escuchaban. Cada nota del piano iluminaba sus ojos. Cada acorde le hacía resplandecer la luz de su mirada. Pero, óigalo ahora. Su canto es una pena con ritmo. Ya ni siquiera tiene el destello de la fosforescencia, Eduardo se está apagando al igual que sus ojos.

PSIQUIATRA. Yo lo escucho bien. Y además son apenas unas canciones. Una sola noche y salimos del atascadero.

ELENA. [Con sarcasmo.] Lo escucha bien. Se ve que usted no sabe de música. Agudice el oído. ¿acaso no escucha que le falta el aire? En cada nota está dejando un pedazo de ser. Con cada falsete deja un jirón de su propia vida. Ese ya no es Eduardo el amor de mi vida. La voz que arrodilló la admiración de los reyes europeos. [Con algo de rabia.] Óigalo. Le cuesta una eternidad dar la última nota. Y usted se empecina en poner a cantar a un fantasma.

PSIQUIATRA. Tiene razón en eso de que yo no sé ni un ápice sobre la buena música. Pero los que vienen a la fiesta, incluyendo al mismísimo jefe, saben a lo sumo lo mismo que yo. Cualquier cosa que cante Eduardo será un éxito.

ELENA. [Meditando.] Hoy en la mañana en un momento de lucidez que tuvo, le dije que iríamos a la fiesta, que cantaría para su pueblo. Que la gente que no lo conoce aún, cuando lo escuche, lo va a adorar.

PSIQUIATRA. Hizo bien en motivarlo

ELENA. Pero él no quiere cantar las tres canciones. Solo quiere cantar Lamento Esclavo. Le pedí que cantara «Mi Aldea» o la criolla «Como me besabas tú», que tienen un tono más bajo. Pero se opuso. Solo quiere cantar esa canción tan incendiaria que habla de la esclavitud.

PSIQUIATRA. [Reaccionando.] Bueno... convénzalo de que cante algo romántico. Dos o tres canciones de amor. Dígale que esa canción no tiene mucho sentido... dígale que los esclavos no cantan.

ELENA. Poco vale lo que yo le diga. Eduardo es otro cuando sube a cantar.

PSIQUIATRA. Tengo que irme ahora. Voy a pasar la última ronda de visita. [Sale.]

ENFERMERA. [Entrando de manera brusca.] Doña Elena, venga rápido, venga a ayudarme.

ELENA. ¿Qué ocurre? [Ambas salen del escenario se queda en penumbra, la luz de un perseguidor cae sobre la cama vacía. Se oyen voces lejanas.]

ENFERMERA. [Trae casi inconsciente al Cantante que se apoya con dificultad en su hombro. Está a medio vestir, Elena ayuda a subirlo a la cama.] Parece que se agotó mucho mientras nadaba. Yo lo observaba de lejos. Estaba cantando una canción que habla del Ave María y del Aleluya cuando de repente se desvaneció. Quizás lo mucho que ha cantado hoy le quitó el aire y tuvo un desmayo.

ELENA. Es posible que se haya golpeado la cabeza al caer. Me mira como si no me conociera.

ENFERMERA. No, doña Elena, no se ha golpeado. Son los estragos de la enfermedad.

ELENA. Ayúdelo, no lo deje morir. Esa voz no debe extinguirse.

ENFERMERA. No hay mucho que hacer, señora, su marido se está consumiendo.

EL CANTANTE. [Con un resuello desde la cama.] Elena, ¿dónde están las partituras de Los Gavilanes?

ELENA. Cálmate, amor mío. Estoy aquí. Te pondrás mejor. No hables ahora.

ENFERMERA. Voy por el doctor. Es posible que todavía esté en su consultorio.

ELENA. [Con ruego.] No se vaya, no me dejes sola con él. [Con ira.] ¿Para qué carajo sirve su ciencia, si no puede detener la muerte? [Con rabia.] Haga algo, inyéctelo, por lo menos quítele el dolor.

ENFERMERA. De nada sirve ya la arsfenamina y el bismuto. Él se está marchando, señora. Don Eduardo ya no nos pertenece. [Sale a buscar al doctor.]

ELENA. [Se sienta junto a la cama.] Resiste cariño mío. No dejes de cantar. La vida es un mosaico de sonidos, que no estará completo sin tu voz. Ya verás que te levantarás de nuevo. Y el mundo se iluminará con tu sonrisa. Los violines a la izquierda, los oboes a la derecha y en el medio de todos, tú, parado frente al mundo... llenando la sala con tu canto que vuela desde la platea hasta los balcones.

EL CANTANTE. [Tose varias veces.]

ELENA. ¿Te digo algo amor mío? Te juro que nadie ha interpretado como tú el Ave María.

EL CANTANTE. [Faltándole el aliento.] Elena, Elena, ¿A dónde te fuiste? [Tose suavemente.] ¿Quién está cantando esa canción tan linda que yo no conozco?

ELENA. Es tu voz amor mío. Esa es tu voz.   [Lo abraza.]

EL CANTANTE. [Incorporándose con dificultad, canta casi apagándose.]

Esclavo soy, negro nací.
negro es mi color y negra mi suerte,
pobre de mí, sufriendo voy,
este cruel dolor, ¡ay! hasta la muerte.
Soy lucumí, cautivo,
sin la libertad no vivo,
que los negros libres un día serán,
¡ay! mi negra Pancha vamos a bailar
que los negros libres serán.

[Helena se abraza a Eduardo.]
[Se oscurece la escena y se proyecta un video de Eduardo Brito cantando en el cine.]

Telón final

SI TERMINA LA GUERA
-Tragedia en tres actos-

PERSONAJES

MONICA. Hace poco era maestra en la universidad. Una discapacidad motora la tiene en silla de ruedas. Se ha refugiado en el alcohol para olvidar su condición física.

FRANCISCO. Es soldado e ingeniero mecánico. Tiene una visión pesimista de la vida. Fue esposo de Mónica.

ANGELICA. Amiga de Mónica. Es estudiante de arquitectura, artista y rebelde.

«Nada da más miedo que un héroe que vive para contarlo, para contar lo que todos los que cayeron a su lado no podrán contar jamás»

Carlos Ruiz Zafón

SI TERMINA LA GUERA
Primer acto

[La escena transcurre en un cuarto pequeño. Una mujer descorre unas cortinas halándolas desde una silla de ruedas y coloca algunos discos de vinil junto al reproductor de sonido. Toma de una botella de vino que está encima de la mesa que le sirve también de escritorio. En la pared hay una foto del comandante Francisco Alberto Caamaño y una bandera dominicana. Es la primavera de 1966.]

MONICA. [Bebe de la botella y estalla en ira.] Héroes de cartón es lo que son. Rémora comiendo de un pasado que no les pertenece. Tanta luz derramada a la orilla de la noche, para volver al mismo sitio, para morirnos justo a la mitad de esta penumbra. Dé esta soledad que nos atosiga. Abandonados otra vez a la caridad de Dios, entre las garras del insomnio y la certidumbre de este desamparo. [Bebe de la botella y va a la ventana.]
Pero lo pagarán. Claro que lo pagarán. Ni el infierno le será propicio en la hora suprema de los hornos. Puede ser que yo no lo vea con estos ojos que se han de comer la tierra. Quizás mi muerte se anticipe a su derrota, pero la sangre de los justos será reivindicada y entonces la noche larga de la angustia ha de caer para siempre y para todos. [Enciende el tocadiscos, bebe un sorbo de vino y se embriaga con la melodía. Tararea las letras de la canción sobre la música.]
«Patria...
y en la amplia bandeja del recuerdo,
dos o tres casi ciudades,
luego,
un paisaje movedizo
visto desde un auto veloz:
empalizadas bajas y altos matorrales,
las casas agobiadas por el peso de los años y la miseria»
[Apaga abruptamente el aparato y le habla a la foto de la pared.]
Mentira, coño, mentira. [Se lamenta.] Para cuál libertad entregamos todos nuestros sueños, si ni siquiera puedo morirme en paz en esta hora. El cielo prometido fue una falsa. Una máscara hueca a la

que nos aferramos con todas nuestras fuerzas y que nunca fue parte de la vieja comparsa. [Le recrimina a la foto.] Nadie saldrá vivo de esta vaina. Ni tú, ni Lora, ni Rafael, ni Capozzi. Se acabó el tiempo de soñar con la gloria que presagiaban frente al mar René y los poetas.
[Hace intento de pararse de la silla, pero no puede.]
Tú más que nadie lo sabes, porque estuviste muy cerca de las fierras. A cada minuto se agiganta un nuevo enemigo, justo cuando se muere otro muchacho sin descubrir sus alas.
[Alguien toca la puerta.]
¡Vete al carajo! Aquí no vengas con la misma palabrería de siempre [Bebe directamente de la botella.] no quiero verte más la cara de pendejo.

ANGELICA. [Entrando.] Cálmate manita, ¿qué es lo que te pasa... ¿Por qué gritas y maldice de esa manera?

MONICA. [Reaccionando mientras se recoge el pelo en un moño improvisado.] Perdóname, no pensé que fueras tú.

ANGELICA. Debes relajarte o vas a agregar una nueva dolencia a tu enfermedad. Es verdad que Ramiro tiene mucho que no ejerce la medicina, pero fue un buen médico mientras estuvo en práctica y te ha recomendado reposo y sosiego. Él está muy preocupado por tu salud. Me ha dicho que debes tratar de pensar menos en todo lo que ocurre o terminarás con una crisis nerviosa que quizás no puedas manejar enteramente. Si eso ocurre, será más difícil recuperarte del problema de la columna.

MONICA. ¿Qué sabe Ramiro lo que es estar encerrada durante meses enteros, mirando el mundo por un agujero, sin poder ver el mar, ni saludar a la gente, sin abrazar a nadie? [Angélica intenta componerle el pelo.] Es muy fácil desde la comodidad de un escritorio decir donde comienza o termina la esperanza y recetarles a las pacientes dosis extras de alegría. Pero una cosa es que no se pueda salir de la ciudad y del cerco de los guardias y otra muy distinta no poder escapar de esta silla, ni de la trampa que son las pesadillas noche tras noches. Mirando siempre al techo sin poder sacarle el cuerpo a los recuerdos.

ANGELICA. Hablé con un neurocirujano que me recibió solamente por ser amiga de Ramiro. En estas circunstancias ningún profesional está ejerciendo como es debido, pero aceptó venir a verte, claro, si tú lo permites. [Se le acerca tratando de entusiasmarla con la noticia.] Dijo algo acerca de que sí la bala no pasó por ciertas vertebras, con una operación y muchas terapias físicas, tu puedes volver a caminar. Y lo más importante, me aseguró que la mitad del éxito de un tratamiento es que el enfermo tenga un gran apasionamiento por algo y quiera curarse. Debes tener ganas de vivir, amiga, para poder salir de este trance.

MONICA. [Rehúye del tema.] ¿Tienes mucho que no ves a Pancho?

ANGELICA. [Algo lejana y fría.] Sí hace bastante tiempo. Desde el último combate no lo he vuelto a ver. El comando al que pertenecimos está en desbandada, Cada cual, por su cuenta, librando sus propias guerras. No digo que no permanezcan firmes en la lucha, pero de la galaxia poderosa que ayer fuimos, ahora tan solo quedan estrellas pequeñas, como luciérnagas orbitando la luz con la cabeza caliente, ardiendo en sus propias llamas inútiles... y apagándose.

MONICA. Ellos están en un error, pero no los culpo por eso. Cada uno tiene un pedazo de la verdad, nadie es el dueño de la quimera completa. Y ese trozo de lumbre que le pertenece, le da derecho a desatar la madeja a su manera.

ANGELICA. Creo que a Francisco le ocurre lo mismo, pero no puedo afirmarlo porque no lo he visto en mucho tiempo. El cerco militar de los gringos no deja que cruces de un lado hacia el otro. De una barricada a la próxima, los muchachos se tardan tres y cuatro horas.

MONICA. ¿Y cómo te las arreglas para llegar hasta aquí?

ANGELICA. Abandonando mi cara para ponerme el rostro de todos. Dejar de ser Angélica, y convertirme en una muchacha más que camina sin rumbo. Calmar el corazón para atravesar la franja enemiga. Ir sorteando a los calieses, evadiendo los guardias del CEFA. Cuidarme de traidores encubiertos en las filas nuestras.

MONICA. Eres una guerrera... Yo ni estando sana podría hacerlo.

ANGELICA. Con algo de suerte llegas hasta donde los compañeros de la zona de Gualey. No se puede avanzar mucho y como están las cosas, ni pensar en llegar hasta el puente.

MONICA. Ayer hubo un allanamiento a dos casas de acá. Comenzó como un simple registro, pero las cosas subieron de tono rápidamente y terminó en un altercado terrible. El alboroto era muy grande, pero ningún vecino se involucró en el asunto. Me pegué a la ventana para ver si reconocía a algunos de ellos, pero fue imposible, aún estaba muy oscuro pues la madrugada estaba empezando.

ANGELICA. ¿Pudiste oír algún nombre?

MONICA. No, sólo se escuchaban órdenes y malas palabras seguidas de una conversación en inglés. A veces, se calmaba la discusión y parecía que había terminado todo, pero luego volvían las órdenes y las preguntas. Alguien escuchaba la encomienda a través de un radio de ondas cortas y la transmitía a los que ejecutaban la pesquisa.

ANGELICA. No quiero imaginar que lleguen hasta aquí, tu estando tan sola.

MONICA. Regresé a la mesa a buscar la pastilla para dormir porque pensé que se habían ido, pero una ráfaga de disparos estremeció de nuevo la noche. Los gritos se escuchaban por encima del sonido de las balas y otra vez el chirrido del radio y todo volvió a un silencio tenso. [Hace una pausa como recobrando los detalles.] Una voz más calmada que todas las del griterío, dio órdenes de que dejaran tranquilos a los dueños de la casa y que únicamente se llevaron a los trabajadores y a los sirvientes.

ANGELICA. Creo que debemos buscar un refugio fuera de aquí. Este lugar ya no es seguro para nadie. En cualquier momento alguien flaquea, le da nuestros nombres y vienen por nosotros.

MONICA. [Sin escucharla.] La vida fue así y será de la misma manera mañana. Hay cosas que no la cambian ni las bocas de los fusiles. Está en la naturaleza de ciertos hombres vanagloriarse de poner limón en las heridas

ANGELICA. Te voy a preparar un bulto por si tenemos que salir corriendo de un momento a otro. No es mucho, algunas piezas íntimas, dos mudas de ropa y algunas cosas personales que sean imprescindibles. [Cruza hasta el fondo de la habitación.]

MONICA. Por favor no te fijes en ese desorden. Aunque no es solo el cuarto... Así mismo anda mi cabeza.

ANGELICA. [En voz alta desde el fondo.] Te voy a echar unas botas y una sandalia cruzada. Un jean y un pantalón de caqui. ¿Quieres llevarte la boina o vas a usar un sombrero?

MONICA. Eso es lo que menos importa. No dejes la foto que está en la mesita ni la biblia que tengo en la gaveta. Busca debajo de mi almohada y tráeme lo que está envuelto en una toalla.

ANGELICA. [Regresa con el bulto en una mano y la toalla en la otra.] ¿De dónde sacaste esto? [Muestra una pistola automática.]

MONICA. No es mía, es de Pancho. La última vez que vino a verme trató de que yo aprendiera su mecanismo y me convenció de que me quedara con ella. Pero es muy pesada y me asusta un poco maniobrarla. Espero no tener que usarla, ni tener motivo para empuñarla contra alguien.

ANGELICA. Pero si ya la tienes, debe saber cómo disparar con ella. Puede salvarte la vida o salvarle la vida a Pancho o a cualquier otro compañero. Míralo como una herramienta de sobrevivencia, como un último resquicio para salir de un laberinto. A veces un arma se convierte en una tabla para no sucumbir en el naufragio.

MONICA. Yo no me uní al grupo para esto. Yo vine a otra cosa.

ANGELICA. [Termina de cerrar el bulto.] Tengo que irme ahora. Piensa bien lo que te he dicho y mantén la calma. Sé por experiencia que hay momentos en los que no encontrarás trincheras a mitad del camino y debes morir o matar, porque no hay premio de consolación para el segundo lugar. [Se dirige a la puerta.]

MONICA. [Dándole la espalda y moviendo la silla en dirección contraria]

En esta contienda no hay lugar para los vencedores. Poco importa lo que hagas, todos llegaremos en el último lugar.

Segundo acto

[La escena transcurre en un cuarto idéntico al del primer acto, pero carece de decoración. En un perchero cuelga un casco de metal, una camisa con las insignias puestas y una cartuchera. Una mujer observa brevemente por la ventana y un hombre con el torso desnudo limpia y revisa una pistola.]

FRANCISCO. [A la mujer que mira por la ventana.] ¿Detuvieron el jeep o se marcharon? Ya no escucho el sonido del motor.

ANGELICA. [Sin dejar de mirar por la ventana.] No, no se han ido. Han detenido el jeep está en medio de la calle. Un guardia está hablando con alguien usando un teléfono que tiene una antena muy larga. Parece que piden una orden o una confirmación. Tienen un hombre blanco esposado y pegado contra la pared. Hay una mujer y una niña gritando a su lado.

FRANCISCO. [Usa un pañuelo para limpiar el arma que prepara.] ¿Cuántos soldados hay en el jeep?

ANGELICA. [Mira por unos segundos a Francisco, pero vuelve la vista a la calle.]

Son cinco, pero el chofer y el que habla por el teléfono no se han desmontado. Los otros tres están con el hombre blanco. Uno lo revisa y los otros dos le apuntan con una carabina.

FRANCISCO. [Se levanta toma la cartuchera y vuelve a la mesa.] ¿De qué color están vestidos los del jeep?

ANGELICA. El chofer y el del teléfono visten de verde olivo. Los otros tres tienen un uniforme blanco, creo que son cadetes de primer año de la marina... Parece que ya se van...le están quitando las esposas al hombre... sí, lo dejaron, pero el jeep va en cámara lenta... como si estuvieran buscando a alguien. [Se aleja de la ventana y toma una silla para compartir la mesa.]

FRACISCO. Ese hombre nació hoy. Que aproveche su golpe de suerte que esto no ocurre dos veces.

ANGELICA. Quizás lo dejaron porque las cosas están cambiando. Hay mucha gente fuera de aquí hablando contra la guerra.

FRANCISCO. [Con algo de rabia.] No Angélica, no están cambiando. Además, si algo cambiara puedes estar segura de que será para ponerse peor de lo que ya está. En este velorio unos ponen los rezos y otros ponen los muertos. A nosotros siempre nos tocará poner la sangre.

ANGELICA. [Con un poco de dolor.] Tú nunca dejarás de ser pesimista. No importa de lo que se trate siempre miras el lado equivocado del asunto. Como si tuvieras una continua vocación para el fracaso. Si se habla del amor calcula la desidia antes que las caricias. Si empieza la lluvia, recuerdas que tuviste pulmonía sin reparar en el sonido que producen las gotas cuando caen sobre el techo de Zinc ... también ahora, primero cuentas los muertos y luego imagina la victoria.

FRANCISCO. [Se levanta y va a la ventana y desde allí responde.] Porque he vivido más que tú ¿entiendes? A mí ya me han dormido con todos los cuentos. Porque soy un mono demasiado viejo para que me vengan con muecas. Por eso ya no tengo esperanzas. Mi abuelo peleó contra los marines en 1916 y terminó acorralado en el monte, cazado como un animal, aborrecido por sus propias gentes, los mismos por los que arriesgaba la vida, le gritaban gavillero, cuando se acercaba al pueblo. [Hace memoria y busca las imágenes en su mente.] Mi papá se enroló en el Catorce de Junio y corrió la misma suerte. Muchos meses viviendo en la clandestinidad, sin ver a la mujer ni a los hijos. Cuando al fin pudimos verlo ya no era una persona, era un celaje, el eco de un espanto, un pellejo curtido envolviendo los huesos. Le había cambiado la voz y la mirada, no tenía ni huellas de su hermosa dentadura. Por eso sé que esto no conduce a sitio alguno, las calles de los pobres no tienen salida. A lo más que podemos aspirar es a resistir otra embestida.

ANGELICA. ¿Entonces, para qué me involucraste en esto, por qué insiste en esta encrucijada, qué sentido tiene seguir en esta vaina?

FRANCISCO.[Como delirando.] Sabes, mi abuelo se alistó contra los gringos del 16, porque sentía que se lo debía al pueblo, a la gente simple, al campesino que mira en la cabañuela el futuro de su cosecha, al hombre que de sol a sol no ceja un minuto de tirar de la azada, que toda su vida se resume en los callos que se apeñuscan en sus manos.

ANGELICA. [Con dolor.] ¿Por qué las raíces de la guerra son tan largas?

FRANCISCO. El quizás fracasó, entonces mi padre enfrentó a Trujillo porque sentía que se lo debía a mi abuelo. A él también lo derrumbaron a golpes, pero no dudó un instante de que estaba del lado correcto de la vida. Yo pude elegir otro camino, es cierto. Pero allá afuera, hay hombres que no tienen nada a que aspirar, que no tienen un arma para defenderse de los atropellos, que nunca han probado el lado dulce de las cosas que puede dar la vida. Cuando miro sus callos, siento que debo dar un paso al frente, porque se lo debo a mi abuelo, se lo debo a mi padre, y no quisiera debérselo también a ellos.

ANGELICA. [Lo abraza, luego va a la ventana y regresa a la mesa.] Ayer estuve donde Mónica. La pobre, está peor cada día. Rehúsa tomar el tratamiento que sugirió Ramiro. No quiere operarse con el cirujano y tiene un nerviosismo que me angustia. Antes de tocar la puerta, escuché como peleaba con sus fantasmas, gritándole a personas que solo viven en su cabeza.

FRANCISCO. Quizás si aceptara irse a vivir con su hermana tuviera en mejores circunstancias, pero tú la conoces, su terquedad es de antología.

ANGELICA. Le preparé un bulto con algunas cosas necesarias por si tiene que dejar el refugio y le dije que volvería a verla en cuanto fuera seguro. Me habló del arma que le dejaste para que se protegiera, pero no creo que lo haga. Esa pistola es más peligrosa para ella misma, que para los que pudieran ir a buscarla.

FRACISCO. [Con remordimiento.] Yo soy el único responsable de su desgracia. No debí acercarla a esto. Yo acabé con la mujer alegre que vivía dentro de ella, la que amaba bailar y meterse en la playa. No hay maneras de enmendar este remordimiento ni devolverle a Mónica la vida que ella se merece.

ANGELICA. Pero tú no fuiste quien tiró del gatillo. Ella no es una niña y sabía que estar a tu lado tenía riesgos, que ser novia de un soldado en campana es como caminar sobre una navaja.

FRANCISCO. Yo no fui el francotirador que disparó contra la multitud, pero fui su verdugo. No debí ilusionarla con una primavera de la que ni yo mismo estoy seguro.

ANGELICA. [Con celos.] Como me ilusionaste a mí. No me dijiste una sola palabra, pero estaba seguro de que te seguiría, que estaría contigo en el frente o en las trincheras, que siempre estaría a tu lado, alimentando el peine de tu pistola, amarrando tus botas, hablándote al oído para que la muerte no llegara temprano.

FRANCISCO. Contigo fue distinto. Ya tu mirada estaba llena del horror de la contienda, conocías el sendero, tu elegiste mezclar el amor y el sobresalto.

ANGELICA. ¿Cuándo vas a hablar con ella?

FRANCISCO. Necesito poner mi cabeza en orden y arreglar algunas cosas. Quizás este no es el momento propicio. Ella está muy delicada de salud, no pienso que sea justo agregar una pena más a su tortura.

ANGELICA. [Preparándose para marcharse.] Debo irme, tengo que atravesar la ciudad antes de que oscurezca o no podré burlar el cerco y regresar a casa. [Desde la puerta.]

Prométeme que hablarás con Mónica cuanto antes.

FRANCISCO. Está bien, Angélica, está bien, lo haré en cuanto pueda, solo dame unos días. No es fácil pelear dos guerras al mismo tiempo.

MONICA. [Sale y cierra la puerta con algo de violencia.]

FRANCISCO. [Retoma la limpieza del arma.]

Tercer acto

[La escena transcurre en el mismo cuarto del primer acto. Mónica empuja con cierto vigor la silla de ruedas hacia la ventana que da a la calle y vuelve al centro de la habitación. Sobre la mesa está el cuadro familiar y la Biblia. El bulto con sus cosas personales descansa sobre las piernas.]

MONICA. [Sirve un poco de vino, pero no lo bebe, empieza a cantar con alegría]

«Esta noche tengo ganas de buscarlo
de borrar lo que ha pasado y perdonarlo
ya no me importa el qué dirán
y de las cosas que hablarán
total, la gente siempre habla.
Yo no pienso más que en él a toda hora

es terrible esta pasión devoradora»
[Alguien toca a la puerta.]
¿Quién es?
[Voz desde afuera.]
Soy yo, Angélica, abre.

ANGELICA. [Entrando.] Buenos días, Mónica. ¿cómo te sientes hoy?

MONICA. Estoy mucho mejor. Tengo dos noches que el sueño llega temprano. Hasta me lavé la cabeza y me puse esta ropa [la muestra con un ademán] que tenía siglos guardada. Hoy he tenido tiempo para todo. Quiero dejar limpio este refugio por si alguien más lo necesita. Anoche, mientras ponía en orden el cuarto, encontré unos poemas que escribió Pancho y que él no sabe que todavía los conservo. También hallé sus primeras cartas y un libro que tú me regalaste.

ANGELICA. [Evitando mirarla.] ¡Qué bueno! me alegra que te estés recuperando. Quizás ahora decidas operarte, es ideal que tengas ese entusiasmo para entrar a cirugía.

MONICA. Estoy contenta, es cierto, pero no es para tanto. Prefiero esperar a que todo esto termine.

ANGELICA. Las guerras solo tienen fecha cierta para el comienzo. Después ya no depende enteramente de los hombres que el horror se termine. Es como si cada uno llevara dentro una guerra pequeña, una batalla individual que se alimenta de las otras contiendas. Cada muerte resuena como un eco y allí parará el odio que se multiplica. Como si por cada bala disparada surgieran miles de ojos buscando la frente de los condenados, para poner en ellas los nuevos tiros de gracia. [La mira por unos segundos y vuelve a evadirla.] La vida es ahora. Mónica. Tienes que tomar una decisión, pues esto puede durar para siempre.

MONICA. Tal vez tengas razón. Pero antes, necesito salir de esta casa. Mirar los balcones de la calle el Conde, bajar la cuesta de la Santomé, oler las almendras de Güibia y detenerme un rato a ver el mar. No sé cómo la gente puede vivir sin ver el mar. [Mueve la silla hasta la mesa y sirve otra copa.] Ven, brinda conmigo. El alcohol aligera las cadenas.

ANGELICA. Te acompaño en una sola ronda, tú sabes que a mí no me gusta beber.

MONICA. ¿Y si salimos un rato? [Se entusiasma con la idea.] Damos una vuelta a la manzana, como cuando éramos niñas y regresamos en dos horas. ¿Qué te parece?
ANGELICA. No. Quizás... Cualquier otro día damos ese paseo.
MONICA. Hoy seria genial. Hacía mucho tiempo que no veía un domingo tan bonito. La mañana parece una moneda de oro. Todo reluce con un brillo inusual. Pero quizás es el encierro de tanto tiempo que me hace mirar el día con otros ojos.
ANGELICA. [Distraída.] El día esta así mismo como tú lo describes, pero no puede ser hoy. Tengo otro asunto que hacer.
[Tocan a la puerta.]

MONICA. [En voz baja y con temor.] Dios, que no sean los guardias.
ANGELICA. Tranquila, debe ser Francisco, que viene a verte.
MONICA. [En voz alta y más relajada.] Entre, la puerta está abierta.

FRANCISCO. [Entrando, vestido de militar, pero algo desaliñado.] ¡Hola muchachas! ¿Cómo está todo por acá?
ANGELICA. Bien dentro de lo que cabe. Hoy ella está más animada.
MONICA. Todo bien, Pancho, pero acercarte, ¿por qué me das un saludo tan frío?
FRANCISCO. [Evade responderle.] Tenemos que irnos pronto de aquí. El cerco se está estrechando. En cuestión de horas para tener a los gringos pegados a nuestras narices. Claro, con el CEFA, apoyándolos.
ANGELICA. ¿Pudiste conseguir el transporte?
FRANCISCO. Uno de los muchachos del Comando Cucaracha va a pasar por nosotros. Dijo que estará aquí a las once y media. Sonará la bocina solo dos veces, si no salimos a tiempo, perdemos la oportunidad del vehículo.
MONICA. ¿Y cabemos todos en el auto? Tengo que llevarme la silla.
FRANCISCO. Eso está arreglado. El viene solo. El baúl está desocupado, lo haremos lo más rápido que podamos, cosa de que no

sea tan notorio el movimiento de la mudanza. Tu hermana nos estará esperando en la puerta para no perder tiempo.

ANGELICA. Ella está avisada y estuvo de acuerdo. Le dije que era por unos días hasta que baje la marea y podamos estar a salvo.

MONICA. [Exasperada.] Como que mi hermana. Yo no voy a dar lastima para la casa de nadie. De aquí solo salgo para tu casa. [Mirando a Francisco] ¿Me oyes? Prefiero morirme aquí.

[Mueve la silla hacia la ventana y empieza a llorar.]

FRANCISCO. [Se dirige a Angélica con enojo.] Te dije que hablaras con ella en lo que llegaba. Por qué no lo hiciste. Tú nunca quieres seguir las órdenes.

ANGELICA. Iba a hacerlo cuando llegaste. Pero no me diste tiempo. Me entretuve hablando de otra cosa…pero iba a decírselo como acordamos.

FRANCISCO. [Con más enojo.] Pero por qué diablos es que no puedes seguir las reglas. Siempre tienes que hacer las cosas a tu manera.

ANGELICA. [Con ira.] Porque no soy un soldado. A lo mejor es por eso. Allá fuera tú puedes decirles a los otros lo que te venga en ganas. Exigirles obediencia a los hombres bajo tu mando, decidir por ellos, decretar sus pensamientos, pero yo no soy un guardia.

FRANCISCO. [Resignado.] Pero era tan simple. Venir… saludarla… y decírselo.

MONICA. [Acercándose.] ¿Decirme que? … ¿Qué ocurre?… ¿Qué rayo es lo que Angélica tiene que decir?

FRANCISCO. Antes de que te dispararan ya lo nuestro no tenía mucho sentido. Era cuestión de tiempo, pero las cosas se precipitaron y no hubo forma de cerrar este capítulo de manera formal.

ANGELICA. [Mediando.] Francisco, por favor…

MONICA. ¿Es porque estoy invalida? ¿Porque ya no puedo seguirte como antes? ¿Ya no soy buena para tus guerras inútiles? [Suena dos veces la bocina de un auto.]

ANGELICA. [Con nerviosismo.] Ese debe ser el transporte. Voy a bajar a decirle que casi estamos listo.

FRANCISCO. Iba a ocurrir de todos modos. Aunque no tuviéramos sitiados. Al amor como a todas las cosas le llega la hora de morirse.

MONICA. ¿Quién es ella?... ¿Yo la conozco?... Tú no eres hombre de atravesar en soledad la noche.

FRANCISCO. Es el momento de irnos. ¿Tienes todo lo que necesitas?

MONICA. Lo que necesito es que se acabe el cerco. Para quitar el ancla de este cuarto y salir huyendo. ¿hacia dónde? no sé, quizás solo para esperar la muerte en otro sitio. [Saca del bulto unos papeles.] Quizás tú ni recuerdas estos poemas, que guardo junto a los que yo te escribí, cuando todavía el amor, era un milagro posible y cotidiano. [Lee con pasión.]

«Escribo desde el otro que muere en esta hora.
Con los ojos del buitre que descansa en su hombro,
Bebiéndose la noche que termina en la lengua
sorbiendo poco a poco la peste de su huida»

[Rompe el poema en pequeños trozos y busca otro.]

FRANCISCO. [Se desespera, va a la ventana y regresa.]

MONICA. [Leyendo con más pasión.]

«Aquellos que se han muerto sin ninguna esperanza,
a lo mejor intuyan mi inútil sortilegio.
Solo existe un lugar
donde el mar pone nombre a todos los designios,
yo estuve ahí una noche,
pero el cantío del gallo asesinó mi dicha»

[Hace añico el poema y tira al aire los pedazos.]

FRANCISCO. [Con ruego.] Por favor, Mónica, No sigas. Tenemos que irnos. De no salir ahora, quizás no lo podamos hacer en mucho tiempo.

MONICA. Tú también eres falso. Igual que las miradas de los maniquíes. [Sigue rompiendo los poemas sin leerlos.] Yo que me bebí contigo las noches de dolor poseída por un sueño adulterado por el miedo. [Rompe otro poema.] Ahora debo seguir sola, bajo un cielo lejano que ya no reconozco.

ANGELICA. [Entrando.] El chofer dice que no va a esperar más. Bajamos ahora o será otro día

MONICA. Es ella, ¿verdad?

FRANCISCO. Mónica, se acabó el tiempo, por el amor de Dios, tenemos que irnos.

MONICA. [Lamentándose.] Parece que también he perdido esta guerra.

ANGELICA. [Con enojo.] Yo no tengo porque escuchar esto. [Sale.]

FRANCISCO. Vámonos, los guardias del CEFA están llegando.

MONICA. [Mueve la silla hacia el tocadiscos, limpia brevemente un disco.]

FRANCISCO. Deja eso que tenemos que salir ahora, es una emergencia.

MONICA. Ya se estrechó el cerco. Es imposible ir hacia algún lado.

FRANCISCO. Me voy. Le diré a tu hermana que decidiste quedarte. [Revisa el arma, se acicala un poco y sale.]

MONICA. [Saca un último poema del bulto y lee.] Porque es esta la hora del vértigo y la huida, una jauría me mira desde el fondo del agua, pero ya no tengo el ave de tus manos,

ni la espada indecible naciendo en la garganta. Ahora que te has ido, amigo, compañero,

quién les dirá a los pájaros tus últimas palabras.

[Pone el Himno de la Revolución. Canta ligeramente sobre las letras mientas va cerrando las cortinas oscureciendo la escena.]

«Desgarró la noche serena/
la sirena de la libertad/
cual clarín que llama a la guerra/
defendiendo la Patria inmortal"».

[Cuando el himno pasa a la segunda estrofa, se escucha el disparo de una pistola. Con el final del disco cae el telón.]

Telón

EL RUMOR DE LA SANGRE
(Tragedia en un acto y cuatro escenas)

PERSONAJES

MAGISTRADO. Sólo juzga los casos tienen relación con el régimen.
ALGUACIL. Forma parte del engranaje de la justicia corrupta.
FISCAL. Dice defender la sociedad, pero está a favor del régimen.
LUISA. Es la novia de Amado. Es dulce y enérgica.
TESTIGO. Es un hombre del barrio que tiene temor.
ABOGADO. Confabulado con la justicia corrupta.
AMADITO. Militar atormentado por los sentimientos de culpa.
IMBERT. Forma parte del movimiento conspirador.
SOMBRA 1. Titiritero de los demás personajes sombras.
SOMBRA 2. Es sumisa y obediente. Lleva un maletín y libros de poesía.
SOMBRA TOTAL. Imita los ademanes de la sombra 1 y la Sombra 2.
CAPITAN PEÑA. Torturador. Tiene un tic nervioso.

JOHNNY CARADENIÑO. Torturador. Su cara no muestra maldad.
LUIS. Forma parte del movimiento conspirador.
SALVADOR. Forma parte del movimiento conspirador.
ANTONIO. Dirige el movimiento conspirador.

El rumor de la sangre
Escena uno

[La audiencia observará las vistas fijas de Rafael Leónidas Trujillo, sus hermanos, y el entorno de ciudad de la época. Se oye el audio un merengue instrumental por la orquesta de Luis Pérez durante dos minutos. La música se va apagando y la luz se aparta de la vista fija y centra la atención en la escena que comienza en una sala de audiencias de un tribunal. En una de las paredes, una placa de bronce dice: "Dios y Trujillo". Más abajo hay un cartel escrito a mano que dice: "Sed justos lo primero si queréis ser felices." J.P. D.]

ALGUACIL. De pies, que entrará el Magistrado. [Todos se ponen de pies de forma desordenada. Entran el juez y el fiscal. Se sientan en silencio.] Este tribunal entra en sesión. Si alguien quiere ser oído venga ahora y diga su caso, para que lo vea el magistrado juez de esta corte.

MAGISTRADO. [Dirigiéndose al Alguacil.] ¿Cuántos casos tienen el rol de hoy alguacil?

ALGUACIL. Siete casos, Señor Magistrado.

MAGISTRADO. Detállelos.

ALGUACIL. Una invasión de terrenos de propiedad privadas por unos campesinos, [Carraspea.] Tres violaciones a la ley 2402 sobre manutención de menores de edad, dos accidentes de tránsito, con fuga y abandono de los heridos y una acusación de homicidio, robo de varias gallinas de una hacienda, apresados en flagrante delito. Eso es todo, Señoría.

MAGISTRADO. Alguacil, reenvíe para el próximo mes las violaciones a la ley de manutención a menores; no estoy de ánimo para escuchar quejas de mujeres chismosas y de padres irresponsables.

ALGUACIL. Sí, señor Magistrado. ¿Comienzo con la ley 241 sobre los accidentes de tránsito o con la invasión de terrenos por los campesinos?

MAGISTRADO. No, reenvíe ese asunto también para dentro de dos meses; sólo voy a conocer hoy la acusación de homicidio.

ALGUACIL. Como ordene, magistrado. [El Alguacil se retira un poco de la presencia del juez y llega hasta su asiento. Se sienta, escribe algo en un libro de notas y luego con aire resuelto se dirige al Fiscal.]

ALGUACIL. Su calidad para estar en estrado.

FISCAL. [Mira al Juez sin prestarle asunto al Alguacil] Lic. Aníbal Leónidas Perdomo, ayudante fiscal, en representación de la sociedad y de los familiares de la víctima.

ALGUACIL. [Dirigiéndose al Abogado de la Defensa.] Su calidad para estar en estrados.

ABOGADO DEFENSA. [Mira al Fiscal sin mirar al Alguacil.] Lic. Ramón Bonilla Reyes, en representación del imputado.

MAGISTRADO. [Limpia los lentes por quinta vez.] Alguacil, llame al imputado, que le quiten las esposas de los pies y sólo le dejen las de las manos.

ALGUACIL. [Se dirige a dos policías.] ¡Traigan al acusado Inocencio Martínez!

[Hace una seña a los policías que están apostados en la puerta. Los guardias se retiran y regresan con el acusado. Lo sientan de forma violenta en el banquillo delantero. A cada lado del acusado se sienta un policía, mientras el público de la audiencia murmura en tono bajo.]

MAGISTRADO. [Dirigiéndose al Fiscal.] La Parte Civil, ¿tiene testigos de cargo?

FISCAL. Sí, magistrado; una hermana de la víctima y un vecino.

MAGISTRADO. [Dirigiéndose al Alguacil de estrado.] Llame al testigo.

ALGUACIL. ¡Joaquín Amparo Pérez!

VOZ EN EL PÚBLICO. ¡Aquí, señor!

ALGUACIL. ¡Venga ante el juez!

[El testigo camina con pasos rápidos y seguros. Su semblante da la impresión de que goza ese momento de protagonismo.]

MAGISTRADO. [Le habla al Fiscal.] Sus preguntas.

FISCAL. [Le habla al Magistrado.] Magistrado, pregúntele al testigo ¿Cuál es su nombre completo y dónde trabaja?

MAGISTRADO. [Al Testigo.] Responda.

TESTIGO. [Al Magistrado.] Joaquín Amparo Pérez, señor, y trabajo en el Hospital Padre Billini.

FISCAL. [Al Magistrado.] Magistrado, pregúntele al testigo, ¿Qué tipo de trabajo él realiza en el hospital? ¿Si es médico por casualidad?

TESTIGO. [Al Magistrado.] No señor, yo soy chofer.
FISCAL. [Al Magistrado.] Magistrado, pregúntele al testigo ¿Si él conoció a la víctima?
TESTIGO. [Al Magistrado.] Sí, señor, se llama... perdón, se llamaba... [Hace una pausa y se persigna.]
 Que en paz descanse. [Hace otra pausa.] René... René Gil, señor.
FISCAL. [Al Magistrado] Señoría, pregúntele si eran amigos
MAGISTRADO. [Con Desgano.] ¡Responda!
TESTIGO. 'Amigo', lo que se dice 'amigo', no, señor. Mis amigos son los hombres de trabajo, y no le conocí trabajo al muerto.
FISCAL. [Al Magistrado.] ¿Que si había alguna razón para no tener una amistad con él?
MAGISTRADO. ¡Conteste!
TESTIGO. Yo no tenía ninguna razón, señor; pero él tenía amigos muy raros y nadie en el barrio sabía quiénes eran.
FISCAL. [Al Magistrado.] ¿Que si alguna vez él bebió una botella de ron, jugó dominó, o tuvo algún trato social con el occiso?
MAGISTRADO. ¡Responda!
TESTIGO. Una sola vez, señor. Creo que fue un día primero de mayo, algunos jugábamos dominó, y él estaba detrás, solo mirando las fichas que se ponían.
FISCAL. [Obviando el proceso de preguntar a través del juez] ¿Cuándo fue la última vez que usted lo vio con vida?
TESTIGO. El viernes, señor, cuando me iba para el hospital. Él estaba leyendo un libro sentado en una silla arrimada a su casa.
FISCAL. ¿Cómo se enteró de la muerte?
TESTIGO. Eso fue el lunes. Me despertaron los gritos de la gente y el escándalo de los que pasaban.
FISCAL. ¿Usted sabe en qué circunstancia falleció el occiso?
TESTIGO. ¿En que... qué?
FISCAL. ¿Que si usted sabe cómo murió René Gil?
TESTIGO. No, señor, pero vi que estaba bien golpeado cuando le quitaron la funda que traía cubriéndole la cabeza.

FISCAL. ¿Sabía usted si el muerto tenía algún enemigo en el barrio?

TESTIGO. Enemigos mortales, no sé; pero a veces discutía por los derechos de los trabajadores de los ingenios de azúcar y por las gentes que vive en los bateyes del este.

FISCAL. ¿La discusión fue violenta? ¿Hubo armas de fuego o armas blancas en la discusión?

TESTIGO. No, señor, pero se amenazaron uno a otro.

FISCAL. Entre los que discutían de forma violenta ese día, ¿hay alguno en esta sala?

TESTIGO. Sí, señor, el hombre que está esposado entre los dos policías.

FISCAL. Gracias, señor Joaquín. [Dirigiéndose al Magistrado.] No más preguntas, señor juez.

MAGISTRADO. [Dirigiéndose al abogado de la defensa.] Abogado, sus preguntas.

ABOGADO. Magistrado, pregunte al Sr. Joaquín, si alguna vez vio al acusado usar un arma; sea cuchillo, machete, arma de fuego o de cualquier otro tipo.

MAGISTRADO. Respóndale.

TESTIGO. No, señor, nunca le vi arma a Inocencio.

ABOGADO. Señoría, pregúntele, ¿si alguna vez oyó al acusado amenazar con matar a alguien?

MAGISTRADO. ¡Conteste!

TESTIGO. No, señor. La verdad debe ser dicha, nunca lo oí amenazar a nadie.

ABOGADO. [Obviando el proceso de mediación del juez.] Sr. Joaquín, ¿tiene alguna idea de si existía alguna razón para que el acusado quisiera eliminar físicamente a René Gil?

TESTIGO. No, señor, pero ellos dos eran como dos cangrejos en una cueva.

ABOGADO. Explique eso al tribunal.

TESTIGO. Los dos tenían el mismo temperamento. Esos dos hombres eran como dos cuchillos que se encuentran en la misma vaqueta, si se encontraban de frente en la calle, parecía que a ambos le costaba trabajo saludarse.

ABOGADO DEFENSA. [Lo interrumpe.] ¿Usted los vio juntos alguna vez?

TESTIGO. No, pero el día de la discusión, sólo ellos estaban de acuerdo, los demás estaban del mismo lado; sólo ellos opinaban igual.

ABOGADO. Sr. Joaquín, si yo le preguntara ahora mismo si usted cree que Inocencio mató a René Gil. ¿Usted diría que sí, afirmativamente, sin ninguna duda, sin ninguna ambigüedad y absolutamente seguro?

TESTIGO. [Rascándose la cabeza y pensando lejos.] Bueno, señor, eso lo sabe solo Dios y el Juez que va a decidir, yo solo digo lo que vi. Lo que usted me pregunta es un asunto muy serio.

ABOGADO. [Al Magistrado.] No más preguntas al testigo de la fiscalía, señor juez.

MAGISTRADO. [Al Testigo.] Puede retirarse.

TESTIGO. Gracias, señor juez.

MAGISTRADO. [Al Alguacil.] Llame a la hermana de la víctima.

ALGUACIL. [Nuevamente a los policías apostados en la puerta del tribunal.] ¡Traigan a Luisa Gil!

[Todo el público de la corte vuelve la cabeza atrás para ver cuándo entre la hermana de la víctima. Se oye un murmullo leve.]

ALGUACIL. [Saliendo a su encuentro la toma por el brazo.] Siéntese de este lado, señora. [La aleja del acusado.]

LUISA. [Con voz pausada y con muestra de dolor.) Gracias, alguacil.

MAGISTRADO. [Hablando al Fiscal.] Sus preguntas a la señora.

FISCAL. [Obviando el proceso del interrogatorio.] Señora Luisa, acompañamos su sentimiento. [Hace una pausa.] ¿Podría decirnos cuándo fue la última vez que vio con vida a su hermano?

LUISA. La última vez que vi con vida a René fue el jueves. Él iba a hacer una diligencia en la calle, de no sé qué tipo, y yo estaba esperando a mi novio, para ir a comprar unos helados a la Calle El Conde. Nosotros siempre vamos a los Capri.

FISCAL. ¿Le dijo su hermano qué diligencia iba a realizar?

LUISA. No, señor, él nunca hablaba mucho; siempre fue muy callado desde pequeño.

FISCAL. ¿Su hermano tenía muchos amigos?

LUISA. No, señor, René siempre tuvo pocos amigos.
FISCAL. ¿Qué clase de amigos tenía su hermano?
LUISA. Gentes comunes. Amigos que le gustaban la música vieja o leer poesía.
FISCAL. Señora Luisa, ¿sabe si su hermano tenía enemigos?
LUISA. [Un poco nerviosa.] No, señor, nunca le conocí enemigos; nunca lo vi alterado, ni pelear con nadie, ni discutir con amigos, ni con extraños.
FISCAL. ¿Sabe si su hermano hizo en el pasado o realizaba en el presente alguna acción que lo indujera a algún peligro?
LUISA. [Nerviosa.]
No, no, señor. Mi familia siempre anda por la derecha.
FISCAL. ¿Cómo dijo que se llama su novio?
LUISA. No he dicho como se llama, señor.
FISCAL. [Exasperado.] ¿Pero cómo se llama su novio, señora?
LUISA. Amado García, señor.
FISCAL. ¿En qué trabaja su novio?
LUISA. Mi novio es militar de carrera, señor.
FISCAL. ¿Sabe usted si su hermano tenía mujer o novia, o querida, o prostitutas?
LUISA. No, señor, René era soltero y vivíamos en la misma casa.
FISCAL. ¿Era su hermano jugador de gallos, realizaba apuestas, o debía dinero a alguien?
LUISA. No, señor, nunca lo vi jugar nada, y nunca me habló de que tenía deudas.
[Se oyen comentarios en la sala.]
MAGISTRADO. [A la sala completa.] ¡Silencio en la Sala o los saco a todos y me quedo solo con los testigos! [Dirigiéndose al fiscal.] Siga con el interrogatorio.
FISCAL. ¿Usted conoce al acusado, al señor Inocencio Martínez?
LUISA. No, señor, no lo conozco.
FISCAL. [Al Magistrado.] No más preguntas, Magistrado.
MAGISTRADO. [Al Abogado de la Defensa.] Sus preguntas a la testigo.
ABOGADO. Gracias, Magistrado. [A Luisa.] ¿Tenía usted alguna sospecha ese jueves cuando salió su hermano a hacer la diligencia que

mencionó? ¿Imaginó en algún momento que su hermano moriría joven?

LUISA. No, señor. [Nerviosa.] Me preocupé bastante cuando pasó mucho tiempo sin saber de René, pero no presentí que pudiera ocurrirle ninguna desgracia a mi hermano.

ABOGADO. ¿Se reunían con frecuencia usted, su novio y su hermano, señora Luisa?

LUISA. No, señor, casi nunca nos reuníamos. Ya le dije que mi hermano casi no hablaba con nadie.

ABOGADO. ¿Estaba su hermano de acuerdo con ese noviazgo suyo con el señor Amado García?

LUISA. No puedo decirle sí o no, porque René nunca se metió en la vida de otra persona, ni siquiera en la mía, que era su hermana.

ABOGADO. ¿Sabe si su hermano simpatizaba con las Fuerzas Armadas?

LUISA. René nunca opinó de eso. Nunca le oí hablar de temas militares o policiales, ni de ningún tema político, señor. El sólo hablaba de música.

ABOGADO. ¿Estaba su hermano inscrito en el Partido Dominicano, señora Luisa?

LUISA. Sí, señor. [Hace una pausa leve.] Como todos... en este país.

ABOGADO. ¿Señora Luisa, sabe usted si alguien tenía algún motivo especial para desear la muerte de su hermano?

LUISA. [Mirando la placa de bronce en la pared del tribunal.] No señor, sólo Dios, sabe qué alma corroída por el miedo, qué bestia atrapada en sus instintos más bajos, pudo matar a mi hermano. [Hace una pausa y se seca los ojos.] No sé quién quería matarlo. No sé quién lo mató. Pero sí estoy segura que la mano, matando, se le pudre al verdugo; que la mano que ahorca, la que hala del gatillo, la que tortura y elimina; la mano que cobardemente se envilece, se torna de otro color, un color fosforescente, que lo delata ante toda oscuridad. [Hace una pausa.] No sé quién lo mató, pero lo sabré en cualquier momento, porque la mano del cobarde tiene un olor distinto, un olor que supera la putrefacción de los que mueren, un olor que trasciende los espacios, los escondrijos de las sombras y que sólo los dolientes; solo a quienes nos duele verdaderamente esa muerte, percibimos.

ABOGADO. ¿Siente ese olor que menciona, en esta sala, señora Luisa?

LUISA. No, señor, aún no percibo el olor de esa bestia.

ABOGADO. [Dirigiéndose al juez.] No más preguntas, Magistrado.

MAGISTRADO. [Con el mismo desgano que al principio.] Esta corte se reserva el fallo para analizar las pruebas, los documentos y los testimonios de los testigos. Queda el proceso reenviado para el día 31 de mayo de 1961 a las 9 de la mañana. Los presentes quedan citados de oficio. La corte designará un alguacil de estrados para citar las partes no comparecientes. Se levanta la audiencia.

[Todo el público presente murmura al tiempo que abandona la sala. La luz se va apagando mientras un locutor en la radio presenta a la audiencia la súper orquesta San José con el danzón "Era Gloriosa".]

Escena dos

[Interior de la casa de Amado García. La sala luce modesta pero arreglada con buen gusto. Hay dos sillas junto a una mesa que tiene en el centro una máquina de escribir. En la pared, de forma preponderante, hay una foto del Generalísimo en traje blanco y tocado elegantemente con un bicornio. Debajo de la foto, las fotografías de los padres, abuelos y hermanos de Amado García. En un lugar apartado de la pared se ve un sable de plata con empuñadura dorada y muchas medallas. En la radio un locutor anuncia que la Orquesta Presidente Trujillo amenizará una fiesta en Santiago.]

IMBERT. [Vestido de civil, pero con pistola visible.] ¿Cuándo piensas decírselo?

AMADITO. [Con ropa militar, pero algo desaliñado.] Todavía no lo he decidido, pero será pronto, o me va a matar este infierno de remordimientos. A veces me atraganta este dolor durante el sueño y casi me asfixio. Me acosa esta pesadilla constantemente. Cuando despierto, no tengo sosiego porque sigue la pesadilla aun con los ojos abiertos. Doy asco desde ese día. No soy el militar que tú admirabas, no soy el soldado de la patria restaurada por la bestia mayor. ¡Mírame!

se me está cayendo el pelo. Solo quiero beber, salir corriendo, pero no sé a dónde. Veo la lluvia de esa noche en el fondo de cada vaso de ron que me bebo. A veces me palpo sudado, con el terror de que sea su sangre que me manche para acusarme ante los ojos de Luisa. [Hace una pausa leve] Me estoy volviendo loco. Imbert, no aguanto más esta tragedia. Tengo que encontrar la forma de vengarme y de vengarlo, aunque me arrastre la vorágine que presiento.

IMBERT. [Moviendo un trago de Güisqui.] Ella no te perdonará nunca y lo sabes, aunque te siga queriendo, sabes muy bien que no tendrás su perdón. Pero si se entera por otra persona, ni te perdonará ni podrá jamás amarte. Lo que hiciste es demasiado monstruoso para que el amor de Luisa lo supere...

[Amadito lo interrumpe.]

AMADITO. ¡Pero no fue mi culpa, coño! ¡No lo sabía! ¿Me entiendes? ¡Te lo juro, coño! ¡Juro que no lo sabía! ¡Cómo diablo iba a saberlo yo! Para mí, debajo de esa capucha estaba el otro, ese ser anónimo que muere en la calle, o en el frente de batalla, o bajo los efectos del alcohol. [Con tristeza.] Era una muerte más, una muerte ajena que no me tocaba. Para mí no había nadie debajo de esa máscara maldita. ¡Tú me entiendes, yo no lo maté! [Se lleva la mano a la cabeza y se hala el pelo.] Bueno, sí, lo maté, pero era a otra persona, no él, no pudo ser él, no puede ser él ¡Maldita sea!

IMBERT. [Lo abraza, tratando de calmarlo.] Bueno, ahora hay que buscar la forma de salir de esta vaina. Tenemos algo de tiempo para maniobrar, en lo que ella se entera hay que buscar la mejor forma de hacerle saber que eres inocente de esta desgracia, que el destino te tendió una trampa, que la tragedia se ensañó con tu vida y con la felicidad de ustedes.

AMADITO. Suena bonito, pero cómo se lo digo, cómo enfrento sus ojos que no han dejado de llorar desde que retiró el cadáver de la morgue. Cómo pedir que bese la boca del monstruo en que me han convertido.

[Se oyen pasos y tocan a la puerta.]

IMBERT. ¿Quién es?

LUISA. [Voz lejana.] Soy yo, Luisa, busco a Amadito.

[Amadito sale del escenario.]

IMBERT. [Abriendo lentamente la puerta.] Hola, querida Luisa [La besa en la mejilla.] ¿Cómo estás?

LUISA. Bien, gracias, ¿Está Amadito?

IMBERT. Sí, siéntate, él está en el baño, ya regresa.

[Amadito retorna y la besa en los labios, pero sin mucho amor.]

AMADITO. No te esperaba tan temprano.

LUISA. [Un poco molesta.] Me dejaste esperando donde la modista que hará el vestido de la boda. [Tratando de disculparlo.] Olvida un poco la Guardia y piensa más en mí que ya casi soy tu esposa.

AMADITO. Perdóname, querida, no me he sentido bien últimamente. Debe ser la presión de casarme con una mujer tan linda.

LUISA. Si quieres, posponemos la fecha. Tampoco yo estoy de humor para fiestas. La muerte de mi hermano me ha destrozado el alma.

AMADITO. [Interrumpiéndola.] Pero a él le hubiese gustado verte casada. No creo que sea buena idea posponer la boda. Total, faltan cuatro meses y quizás estés de mejor ánimo para entonces.

LUISA. Pero de todas maneras no quisiera mucha fiesta, solamente las personas imprescindibles, algunos amigos tuyos, la familia y nada más.

IMBERT. [Con alegría fingida.] Si mi novia fuera tan linda me casaría enseguida. No se atrevan a dejarme sin invitación. Me muero de envidia por ver ese día. ¿Y cuántos hijos piensan tener?

LUISA. Yo quiero cinco, pero tendremos los que mande Dios.

AMADITO. [Con dolor en la voz.] Yo no quisiera hijos por ahora. Aspiro otro mundo para mi descendencia, que respiren otro aire, que vean otros horizontes, que vivan otra vida.

LUISA. [Mirando hacia fuera con precaución.] ¿A qué te refieres? ¿Qué cosas estás diciendo?

AMADITO. Lo que ya hemos hablado. Descuida, Imbert es de confianza.

LUISA. Pero las paredes tienen oídos, no puedes arriesgar por un descuido, tu carrera, tu vida, la vida de tu familia, la vida de nosotros.

AMADITO. Esto no se llama vida lo sabes muy bien. Alguien tiene que arriesgarlo todo, para que entonces, quienes no tienen futuro, puedan tener una esperanza de vida.

LUISA. ¿Pero por qué tú? ¿Por qué nosotros?

AMADITO. Porque conocer la verdad te obliga a vivir las consecuencias. A quien se le ha dado más conocimientos debe aportar más a la causa, quien tiene mayor entrenamiento debe ser más diligente en la empresa, por eso, Luisa, por eso. [Reflexiona] Sería injusto que me quede en la retaguardia conociendo el terreno y las armas. Dejar que maten a un recluta que no ha pasado centro, a un simple «tira tiro», recién enganchado a la guardia, que no tiene la estatura de un comandante.

IMBERT. [Acercándose a Luisa.] Luisa, Amadito no está solo, somos muchos y cada día se suman otros, hasta la iglesia nos está ayudando con los campesinos.
LUISA. ¿Y para cuándo va a ser eso?
AMADITO. Después de la boda, y antes de mi cumpleaños. Si algo pasa, quiero tener la felicidad de que fui tu esposo en esta vida, no quiero irme del mundo sin la felicidad de dormir contigo.
LUISA. No hables así, que me aterra. No quiero pensar ni siquiera en la posibilidad.
AMADITO. Pero hay que estar consciente, o salimos triunfantes o salimos muertos. No hay línea intermedia, no hay lugar para los tibios. Adentro o afuera. Con esa gente no hay posibilidad de discutir ni de razonar. Se va a jugar a la muerte. [Hace una pausa leve.] A la de ellos o a la de nosotros.
LUISA. [Casi llorando.] Ya yo Perdí a René y no quiero perderte a ti, pues si te pierdo, voy a perder también la descendencia, no quiero hijos de otro, soy mujer de un solo hombre, ¿Me oyes? Y ese hombre eres tú, Amadito. Contigo infierno o gloria, pero contigo mi vida. [Lo abraza.]
IMBERT. [Interrumpiendo.] Debo irme, nos vemos mañana a la misma hora, pero en la casa de Antonio.
AMADITO. Cuídate, hermano, nos vemos mañana.
IMBERT. [Besando a Luisa en la mejilla.] Cuídese, cuñada, y descuide—que Dios está de nuestro lado. [Sale.]
LUISA. [Persiguiendo un olor con la nariz.] Cariño, ¿Hay algo dañado en la nevera? [Dirigiendo la nariz en distintas direcciones.] Algo huele mal acá.
AMADITO. Yo no percibo nada. ¿A qué te huele?

LUISA. No sé decirte a qué, pero es un raro olor a podrido, algo como descomponiéndose. No es el olor a rancio ni a la alfombra mojada, ni a ratón muerto, ni a mierda de gato, no es a nada de eso, es un olor distinto, que no conozco, pero que me molesta mucho.

AMADITO. Pero tengo mucho en este cuarto y ni a mí ni a Imbert nos llegó ese olor.

LUISA. [Pensativa.] Te parecerá raro, pero ese olor solo lo percibo después de la muerte de mi hermano, René. La primera vez que me invadió ese olor fue en su velorio y, aunque no lo puedo explicar, sé que ese vaho está ligado a su muerte. [Abrazando a Amadito.] ¿Por qué solo yo percibo este olor a algo podrido? ¿Por qué todos son indiferentes a este hedor mensajero de la muerte? A esta guadaña que me embarga cuando estoy a tu lado. ¿Por qué recién ahora descubro a qué huele el terror y la ignominia? [Lo deja y reflexiona.] De niña mi patio siempre tenía el olor de la lavanda y del jazmín. El pelo de mi madre me traía todo el olor del bosque, las madreselvas y los tulipanes. Todas las orquídeas y los framboyanes, enredados en sus trenzas blancas y negras. De adulta toda mi infancia subía por las escaleras de los olfatos deliciosos y antiguos o descubrir en tu pecho el perfume del amor verdadero, la fragancia exquisita de ser mujer de un solo hombre, de entregarse ciega al amor que invita dulcemente.

AMADITO. [Abrazándola.] A mí también me embriaga el olor de la vida cuando estoy contigo. El olor de tu pelo me hace soñar con niños felices camino hacia la escuela, jugando en libertad, nadando nuestros ríos, tiñendo de colores el cielo de la patria. [La aparta.] Pero ya no puedo percibir otro olor que no sea el de vengar la sangre derramada por los otros. Este dolor tiene embotado mis sentidos y no me es posible aspirar el aire de tu infancia, ni el olor de los deseos de la carne, ni del amor que deliciosamente invita a los amantes. [Reflexionando.] Todos los olores que anticipan el futuro ahora deben esperar su turno en el combate. No hay tiempo que perder en la contienda, porque la Bestia no dará cuartel a ninguno de los conjurados. El hombre que hay en mí no puede decidir el camino a seguir en esta hora suprema. Hay que matar al Chivo o todos estaremos condenados a oler lo mismo que tú, querida Luisa… [Hace una pausa, mira su reloj y reacciona.] Es tarde, ya casi son las diez. Déjame a llevarte a la casa.

LUISA. No, quédate. Me iré caminando, quiero estar un rato a solas conmigo misma, para distraerme mientras camino.

AMADITO. ¿Pero a esta hora? ¿Qué locura es esa?

LUISA. Estaré bien, quédate tú y descansa. Y quítate esa ropa y manda a que la laven bien. Parece que ese olor que tanto me molesta se le impregnó a tu uniforme.

AMADITO. [Destapa la botella y bebe de un solo trago el resto del contenido. Hace una pausa y solloza y en un arranque, grita violentamente.] ¡Maldito! [Arroja la botella al cuadro del bicornio que cuelga en la pared.] Luisa, amor mío, tienes que perdonarme. Tienes que creerme. Yo no soy la persona de esa noche...

Escena tres

[La escena comienza a oscuras. A un lado del escenario se proyecta un video o vistas fijas de la era de Trujillo. Luego la escena se va iluminando poco a poco. En un primer plano hay una oficina destartalada. Un escritorio con dos hombres sentados en silencio en ambos extremos del escritorio. Detrás hay otra oficina dividida de la primera solo por un cristal. Detrás del cristal o una mampara, dos sombras sostienen un diálogo exasperado.]

SOMBRA 1. [Con un gran bicornio y un sable enorme.] Yo sé que este país está hecho una mierda. Que en cualquier momento se desmorona todo lo que he levantado con mi sangre y mi sudor. [Hace una pausa.] Pero todavía sigue siendo mi reino. Quizás fuera de aquí existe otro paraíso, pero dentro de estas cuatro paredes, dentro de este conuco de 48 mil kilómetros, yo soy el que manda, ¡Carajo! Sí, fuera de aquí debe existir otro paraíso, pero aquí yo no soy Adán, sino el dios mismo y la serpiente. Aquí yo soy quien dice lo que es bueno y lo que es malo, quien peca con sus acciones y quien se condena cuando omite. [Con rabia da en la mesa.] ¡¿Te queda claro esa vaina?!

SOMBRA 2. [Viste elegantemente y lleva maletín.] ¡Sí, jefe! [Dobla ligeramente la cabeza hacia abajo como saludando.] Usted tiene toda la razón, pero hay curas que dicen lo contrario y esa gente tiene mucha influencia. Recuerde que el Papa también es un jefe y la gente le oye más al Papa que al mismo Jesucristo.

SOMBRA TOTAL. [No habla, solo gesticula.]

SOMBRA 1. ¡Coño! ¡Al diablo con los curitas esos! Si joden, los deporto para Roma o se los mando personalmente a San Pedro. Yo no soy su feligrés. Ellos son los que tienen que confesar sus culpas en mi despacho. A Franco le tiembla el pulso con ellos y cualquier «mariconsito» poeta le agua la fiesta, pero a mí no. O se arrodillan o los arrodillo. Así que busca la manera de que ellos lo entiendan. No quiero ni una sola misa en mi contra, ni una penitencia por la suerte de esos conspiradores, ni una oración por las malditas almas de esos comunistas, ni una ofrenda donde no esté claro para qué sirve ese dinero, ¿Me oíste? O quemo la iglesia con ellos adentro y me limpio el culo con la sotana.

SOMBRA TOTAL. [Imita los mismos movimientos de la Sombra 1.]

SOMBRA 2. Jefe, usted tiene toda la razón, pero mi olfato me dice que hay que tener cuidado. Galíndez nos ensució demasiado el sancocho. Ahí hay gentes de peso que tienen dolientes, gentes de embajadas que no viven dentro de su reino, gente que desayuna en Washington y se sienta a la mesa con la O.E.A., gentes que tienen un buzón en Wall Street y un padrino en el Pentágono.

SOMBRA 1. Sí, no me recuerde esa metía de pata ¡Cojoyo! [Piensa.] Si Ranfis fuera un hombre de verdad, si ese mequetrefe fuera un Trujillo, si llevara mi maldita sangre... Si por un momento Ranfis fuera un soldado parido por la guerra o por la academia, yo pudiera enfrentarme al mundo sabiendo que él está cubriéndome la espalda, con la certeza de que venceré todos los obstáculos. Pero estoy solo en esta pocilga. ¡Solo! como cuando era un muchachito en los cañaverales de San Cristóbal, y tenía que enfrentar a los guardias campestres que me perseguían por haberme robado una caña, por apropiarme de unas gallinas para no morir de hambre.

SOMBRA TOTAL. [Imita a la Sombra 2.]

SOMBRA 2. [Con sumisión.] Bueno jefe, usted no está tan solo. Me tiene a mí que daría la vida por usted si fuera necesario; tiene al Capitán Peña. Ahí está Navajita que le es fiel; tiene también a Johnny que bajaría al mismo infierno por complacerlo.

SOMBRA 1. Sí, tienes razón, pero ustedes son para otra cosa. La familia es familia y con ella gloria o maldición. Sin vuelta floja. Los tengo a ustedes, pero uno espera que sea la familia la que meta la mano en la sangre o en la mierda por uno. No los que llegan oliendo la miel del beneficio. Los que, como los buitres, vendrán a comerse la carne podrida en el último día.

SOMBRA 2. Jefe, perdón que se lo recuerde, pero aún falta arreglar lo de las muchachas del campo. Las hijas de Don Enrique. La situación no es tan simple como parece. Ese asunto puede complicar más las cosas fuera de la república. [Se acerca para tratar de persuadir.]

Aquí todos tenemos un precio que usted puede pagar varias veces, pero allá fuera, donde los gringos, hay gente a las que no se les puede ofrecer pan y techo por su silencio. Gentes que no se callan por un puesto en la embajada ni por una silla en el congreso ni por una jefatura en la secretaría. Si el asunto fuera importante sólo para nosotros, yo mismo lo resuelvo, querido Jefe, pero no es una muchacha violada por un guardia ni un estudiante preso por poner un afiche ni un hacendado al que le quitaron la tierra... esto es delicado, jefe.

SOMBRA TOTAL. [Imita a la Sombra 1.]

SOMBRA 1. [Golpea en la mesa y gruñe.]

SOMBRA 2. No quisiera molestar su elevado y ocupadísimo tiempo, pero mi deber con la patria es decirle a usted lo que pasa y lo que puede pasar. Esas muchachas no son iguales que las otras, jefe, parecen hechas de otra materia. Hay mujeres que tienen los cojones que les faltan a muchos hombres y las hijas de Chea y don Enrique, son de ese tipo de mujeres.

SOMBRA 1. [Interrumpiendo con enojo.] ¡Sí! Del material que me hubiese gustado que estuviera hecho el maricón de Ranfis.

SOMBRA 2. Por donde ellas pasan nada queda igual. Levantan las miradas con su belleza. Se hacen acreedoras de admiración por su temple y, ahora, su valentía les está ganando seguidores.

[Acercándose.] Jefe, a veces el hombre no escala la montaña por el largo trecho que le espera, sino por la piedrecita que tiene metida en el zapato. Esas tres piedrecitas quizás no dejan que usted llegue a tiempo a la cima de su camino a la gloria.

SOMBRA 1. [Con ira.] ¡A mí nada me detiene en el camino que elijo, carajo! Mucho menos tres faldas campesinas. Eso lo tengo resuelto. Ellas se reunirán pronto con Enrique…

[Ríe.] Y con Mainardi y con Mauricio, y con Octavito, y con todos los que creyeron que tenían los cojones para decirme cómo es que se ensilla la mula del gobierno.

SOMBRA TOTAL. [Imita a la Sombra 2.]

SOMBRA 2. Y, entonces, jefe, ¿Por dónde empezamos?

SOMBRA 1. Tú ocúpate de que la gente lea lo que yo quiero que lea. Que la gente cante lo que yo quiero que cante. Que la gente oiga lo que yo quiero que oiga. Que la gente ame lo que yo quiero que ame. Que sueñen el sueño que yo les ordeno que sueñen cuando les ordeno que duerman. Tú ocúpate de que el mundo vea solo el jardín de este paraíso. Haz tu parte o te jodes. [Pensativo.] Que yo me encargo de que la serpiente haga su trabajo. Déjame a mí encargarme de avivar este infierno.

SOMBRA 2. [Con sumisión.] Sí, jefe, pido su permiso para retirarme.

SOMBRA 1. [Con displicencia.] Puedes irte.

[La luz que ilumina la oficina, separada por cristales, se va apagando lentamente hasta quedar totalmente a oscuras mientras la luz de la oficina frontal se ilumina poco a poco a medida que se apaga la otra. En el centro del escenario hay un escritorio con un teléfono antiguo, al fondo la foto del hombre del bicornio. Dos hombres están conversando, uno a cada extremo del escritorio. La sombra total está en completo silencio en una esquina del escenario, pero visible.]

JOHNNY CARADENIÑO. [Limpiando unos instrumentos desplegados sobre la mesa.] Si el jefe me deja, le arreglo ese asunto a mi manera. Hay gentes a las que no se les pueda dar oportunidad de discutir. Gentes a los que solamente se le llega al corazón con el filo de un cuchillo. Con esa gente no se negocia, no hay pactos posibles, a esa gente se le ama o se le mata, porque siempre viven en los extremos de la vida.

CAPITÁN PEÑA. No todo se puede resolver de la manera que tú lo planteas. Si por mí fuera, lo resolvería militarmente. Los acuso de traición a la patria, les hago un juicio sumario de espalda a los jueces para que no sepan ni siquiera quién lo juzga y los fusilo a todos.

Los coloco frente al muro del parque Ranfis y llevo el pelotón del batallón de Hatillo. Los fusilo a las diez de la mañana, no a las seis como dice el jefe. A las diez de la mañana, para que todos estén despiertos y los vean cayendo uno por uno como un racimo de espantapájaros, para que el que esté dudoso del camino a seguir, se vea en la cara de esos pendejos fusilados por una maldita causa perdida, por un país de mierda que es de Trujillo o es de los Gringos.

JOHNNY CARADENIÑO. [Dudando.] Así sería fácil y rápido, pero al jefe no le cuadra esa idea. Él quiere que las vainas se hagan al estilo del doctorcito amanerado. El niño dulce que escribe versitos y que fue criado por sus hermanas solteronas. El cundango ese que se cree poeta. Ese manfloro quiere que le maquillen los actores para que la farsa sea creíble, para que nadie, ni siquiera los familiares, repudien las flores que mandaremos para despedir a los nuevos difuntos.

CAPITAN PEÑA. Johnny, a estas alturas ya no importa cómo tú escribas la obra, la gente se sabe el final. Yo no sé cómo tú puedes dormir con lo que has visto. [Con ademanes de locura.] A veces me despierto sudado, con la misma pesadilla de todas las noches. Me toco la piel y huelo el sudor porque no estoy seguro si es sangre de muchacho o si es lágrimas de viudas. A veces me espanto y saco la 45... [Saca la pistola.] Y le tiro a unos ojos que me espían en las tinieblas de la noche. Pero son solo gatos que buscan aparearse, y mi terror interno supone que son ojos de hombre, de hombres torturados, de hombres implorando que no los maten, gritando que no le den con esa tabla, que no lo quemen con esa plancha, que no lo asfixien con esa funda... [Toma un trago de whisky y reflexiona.] Otras veces son hombres pidiéndome que los mate, rogando que les dé el último de todos los tiros de gracia, para escapar hacia la muerte liberadora. La muerte que los despojará de la agonía.

JOHNNY CARADENIÑO. [Se oyen gritos de torturados.] No sé tú, pero yo sí duermo tranquilo. [Con burla.] Yo no tengo esos ataques de arrepentimiento que te dan a ti. Yo hasta he bautizado nietos con el nombre de los que les partí las entrañas. El que se cruza en el camino del Jefe, se atraviesa en la senda de la muerte. No hay otra forma, no tengo otra ley. Con el jefe o contra el jefe. Aunque sea mi padre. Aunque sea mi hijo. [Suena el teléfono.]

CAPITAN PEÑA. [Espera que suene tres veces.]. ¡Capitán Peña a la orden! [Nervioso, en actitud militar con el teléfono en una mano izquierda y la mano derecha sobre la sien en saludo militar.] ¡Sí, jefe! [Hace seña a Johnny Caradeniño para que se levante.]
JOHNNY CARADENIÑO. [Pregunta con una seña quién es que habla.]
CAPITAN PEÑA. [Sin desatender la llamada hace una seña como si se estuviese poniendo la banda presidencial.] Sí, jefe, lo haremos de la mejor manera. ¡Sí, señor! Descuide, eso no volverá a ocurrir. ¡Sí, jefe! nadie pensará lo contrario… No, jefe… nadie verá nada, ni oirá nada, ni pensará nada, ni soñará nada... Como usted diga, jefe. [Cierra despacio el teléfono.]
Tal parece que al jefe no le gustan los insectos… y tampoco las mariposas.

JOHNNY CARADENIÑO. ¿Y para cuándo quiere que tengamos listos los regalos? [Ríe con ironía y maldad.] ¿Para cuándo se le antojó al jefe que se haga el viaje?
CAPITAN PEÑA. Él quiere el camino limpio para antes de diciembre. Dijo que no quiere escándalo que le dañe la cena de navidad.
JOHNNY CARADENIÑO. Entonces, hay que apurar el paso. Estamos a mitad de noviembre y, si quiere un trabajo perfecto, se necesita tiempo. Como tú bien dices: para fusilar unos presos solo hace falta un camión de guardia y un parque, pero para matar mariposas se necesita maquillar muy bien las manos de la muerte.
[El Capitán Peña desenfunda su pistola. Revisa el cañón e inspecciona el cargador. Johnny Caradeniño pone en orden de mayor a menor todas las navajas que tiene en la mesa. La luz se apaga lentamente. La luz del perseguidor cae sobre un radio. Un locutor presenta la emisión del día del programa de Paco escribano.]

Escena cuatro

[Es de noche. A la orilla de la carretera frente al Mar Caribe, el carro Impala 1957 color negro está estacionado con el motor encendido, pero con las luces apagadas. Dentro del carro, Salvador, Imbert, Antonio, Luís y Amadito repasan el plan de la noche.]

SALVADOR. No estoy convencido aun de este plan. ¿Por qué tres grupos y no un sólo pelotón para matar más rápido al chivo?

IMBERT. Salvador, ya Amadito lo explicó antes. Él es el único de nosotros que es militar, conoce mejor la forma de hacer esto. Además, piénsalo, tiene mucha lógica; si el primer grupo lo logra, salimos del problema temprano, y los demás ayudan con el temporal que vendrá sobre nosotros, pero si no terminan con la bestia en el primer intento, tenemos que lograrlo nosotros o el grupo siguiente. No se le puede herir y dejar que se reponga. Hay que jugárselo todo en esta noche. No hay mañana ni para nosotros ni para el país.

ANTONIO. ¿Y por qué no lo dejamos para cuando tengamos más ayuda? [Mediando.] Digamos, cuando se sumen más militares al plan, a ver si se animan los de más alto rango.

LUIS. Compadre, nosotros no necesitamos a más nadie, aquí estamos los que hacen falta, ¿verdad Amadito? Él vendrá solo; nada más lo acompañará el chofer. Es hoy, tenemos que acabar a ese maldito hoy mismo. Mientras más pasa el tiempo, más corremos el riesgo de que se filtre algo, o que sospechen, y entonces sí que nos jodemos.

IMBERT. [Preocupado.] ¿Y en qué quedamos con lo que pasará con nuestra familia? Si esta vaina no triunfa y nos agarran a todos. Si nos jodemos en esta aventura, ¿qué pasará con mis hijos, con mi mujer, con mis hermanos?

AMADITO. Dejando de revisar su pistola. Ya no hay vuelta atrás. Sabíamos en lo que nos metíamos. Aquí nadie es muchacho; todos vinimos voluntariamente. Ustedes mismos han dicho que esto no es vida, ni siquiera para nosotros, que hemos vivido del régimen. [Con dolor.] Además, esto no es vida para los hijos ni para las mujeres ni para el país—ni tampoco para los que se han marchado al exilio. [Hace una pausa larga.] Esto no es vida ni siquiera para el amor ¡¿Entienden por qué hay que matarlo?! ¿Por qué hay que hacerlo hoy? ¡¿Entienden por qué hay que salir de este infierno?! No importa que nos manden al otro, el que dicen que es perpetuo, porque en aquel, por lo menos, te harán un juicio, pero en este, no le importa a nadie si eres inocente; te condenan sin investigar siquiera ¡Coño! [Con rabia.]

¡Hay que matarlo hoy! La vida de muchos, la vida en su expresión más simple, en su manifestación más pura, espera por nosotros.

IMBERT. [Nervioso.] ¡Viene alguien a pie!

LUIS. No disparen es una mujer.

IMBERT. [Sorprendido.] ¡Es Luisa!

AMADITO. [Saliendo a su encuentro.] ¿Te volviste loca? ¿A qué viniste?

[La escena se oscurece y la luz del perseguidor cae solamente sobre Amadito y Luisa.]

LUISA. [Desaliñada y sudada.] He caminado durante dos horas para no dejarte solo en esta decisión.

AMADITO. [Molesto.] Pero, ya hablamos esto antes, no puedo distraerme en este momento, no puedo descuidar este asunto para protegerte, tú ni siquiera sabes usar una pistola.

LUISA. Tú tampoco sabías usarla cuando empezaste. He oído que solo hay que apuntar cinco pulgadas más abajo del lugar a donde quieres disparar y apretar duro las manos.

AMADITO. No es tan fácil, amor. Lo que tú tienes que apretar duro es el corazón [Pensando lejos.] Es fácil prepararse y tirarle a un blanco fijo, a un espantapájaros, a una botella, a una paloma en pleno vuelo, pero es terriblemente grande disparar contra a un hombre. Aunque el odio los separe; aunque no lo conozcas, es terrible saber que una vida dejará de ser; que cuando hales el gatillo, acabará con esa parte de ti mismo que vive en los otros; que algo de ti se irá hacia otra parte, mucho antes de que se disipe el humo del fogonazo. Aún no lo sabes, Luisa, pero matar a un hombre es anticipar tu propia muerte.

LUISA. ¿Y tú lo sabes?

AMADITO. [Evitando contestar.] Vamos cerca del carro; es peligroso estar lejos.

[Se oyen disparos lejanos. Casi imperceptibles.]

IMBERT. ¡Shsssssss! ¡Cállense!

[Se escuchan más disparos, ahora con mayor claridad.]

LUIS. Se acerca un carro, prepárense.

[Todos revisan su arma, menos Amadito que sigue pendiente de Luisa.]

LUISA. Percibo otra vez ese olor raro, Amadito. El mismo olor que dicen los viejos que perciben las familias cuando está presente el matador de su pariente. Ellos también dicen que sangra de nuevo el cadáver cuando el asesino asiste al velorio: pero no pude ver la sangre. Quizás son cuentos de camino o a lo mejor el que mató a René no estaba en el velorio. Pero ahora no se me quita de la nariz ese olor... el olor que seguro me mostrará la cara del asesino.

AMADITO. [Muy nervioso.] Debe ser porque se acerca la Bestia. [Revisa el cargador de la pistola.]

LUISA. [Se aparta muy nerviosa.] Amadito, creo que voy a vomitar. No soporto este olor que dicen los viejos, que solo sale del cuerpo del matador de tu sangre. Dime una cosa: ¿tú confías en todos ellos? ¿Y si uno de ellos participó en la muerte de René? ¿Si estuviera aquí el asesino de mi hermano? Dime, Amadito, si uno de tus amigos fuera el culpable, ¿cómo confiar?; ¿de qué lado te pondrías tú o de qué lado debería estar yo?

AMADITO. [Se le acerca y al oído.] Perdóname, Luisa; perdóname, mi amor; una trampa del destino asesina nuestra felicidad. No te merezco. No merezco vivir. Luché contra la bestia y ahora también tengo su olor, ese olor a podredumbre es mío; esa mano que se quema mientras mata es mi mano: la misma que tiembla cuando te acaricia, esos ojos insondables que delatan a los torturadores son también mis ojos, que no pueden mirarte a la cara, que no pueden verse en tu mirada limpia. Por eso estoy aquí, amor mío, el chivo y yo somos bestias iguales. Un destino maldito me devuelve a la sangre, a la sangre de René, a la sangre de todos. Por eso estoy aquí, para matar a la bestia o que ella acabe conmigo. Tú todavía puedes celebrar la vida. Como yo te he amado no amaré a nadie más, pero no hay camino de regreso. ¡Cásate y ten tus hijos, pero te juro que a ese hijo de puta lo mato yo!

LUISA. [Llorando.] ¿Por qué nosotros? ¿Por qué la fatalidad tiene que pronunciar mi nombre? ¿Por qué la muerte debe decir el tuyo?

[Luisa huye de la escena llorando y Amadito la sigue.]

LUIS. [Mirando hacia atrás preparándose para disparar.] ¡Amadito, coño! ¡Ven y deja esa mujer! ¡Vamos a terminar esto!

[Amadito la deja ir y se une al grupo.]

IMBERT. [Al grupo, pero ambiguamente.] Si por si acaso me matan, y uno de ustedes sobrevive, quiero, muchachos, que le digan a mi mujer que le agradezco a la vida haberla conocido. Que me metí en esta vaina para que ella no pasara lo que hemos tenido que pasar nosotros... Díganle que la amé...

SALVADOR. ¡Maldición! No se aflojen ahora, ¡Coño! De esta salimos todos vivos o todos muertos.

ANTONIO. Estén listos, que el carro está cerca.

LUIS. ¿Y si no son ellos, si es un Cepillo del SIM, que viene por nosotros?

AMADITO. No hay otra noche, solo existe esta, todas las noches del infortunio, son esta sola noche. Son ellos, nadie más en el mundo vendrá por esta calle, no hay otro camino, ningún camino sale de aquí, ni llega a este lugar. ¿Me entienden? Sólo hay una salida. Nosotros no elegimos este momento; la tragedia que encarnó ese monstruo, la desdicha que parió esa mala madre en San Cristóbal, fue quien nos escogió a nosotros.

[Las luces del carro de los conjurados se encienden. El carro que viene en vía contraria tiene muchas perforaciones de balas. Se divisa un militar al volante y detrás solo se alcanza a ver un mulato tocado con un bicornio y empuñando un revólver.]

LUIS. ¡Disparen! ¡Coño! ¡Es el Chivo, Disparen!

SALVADOR. Disparando en varias direcciones. Llegó tu turno, ¡Maldito!

ANTONIO. No dejen de tirar, ¡Coño!, que se escapa; disparen, tírenle.

IMBERT. Ahora es, llegó la hora. ¡Tiren! ¡Tiren! ¡Tiren!

AMADITO. [Cambiando el cargador de la pistola] ¡Disparen, que lo cogimos! ¡Tírenle! Llegó la hora, ¡Disparen! [Cambiando el cargador de la pistola.] ¡Maten a la bestia! ¡Coño, tiren a matar! ¡Disparen!

[Una lluvia de balas cae sobre el carro y luego un largo silencio.]

LUIS. Mira por unos minutos el cuerpo uniformado del mulato con bicornio, luego se dirige a Amado. ¿Y ahora qué hacemos?

AMADITO. Vamos a meterlo en el baúl del carro. En la mañana hablaremos con el Doctor y con Román.

LUIS. ¿Y tú a dónde vas a ir?

AMADITO. Primero a casa a cambiarme de ropa y a conversar con Luisa, a ella no le gusta como huele este uniforme.

[La escena se oscurece lentamente.]

Telón final

EPÍLOGO

Amado García Guerrero nació el 2 de junio del 1931, en La Romana, República Dominicana, y murió 30 años después, el 2 de junio del 1961. Como militar, fue miembro del Cuerpo de Ayudantes Militares de Rafael Leónidas Trujillo Molina, y también comunicó a los demás complotados sobre los movimientos de Trujillo esa noche del 30 de mayo de 1961.

Se cuenta que, entre las razones que llevaron a este joven, con un futuro asegurado como militar cercano al tirano, a 'matar al chivo', está la prohibición del dictador de que contrajera matrimonio con una joven de su pueblo natal de nombre Luisa, ya que la misma era hermana de René Gil, quien estaba acusado de ser un "rebelde comunista".

Está documentado que el régimen, con la finalidad de asegurar la lealtad de sus jóvenes oficiales, obligaban a estos a asesinar presos políticos detenidos en las cárceles. Esto no sucedió con el teniente García Guerrero, pues René Gil, su cuñado, hermano de Luisa, murió mientras trataba de asilarse en la embajada de Paraguay.

El rumor y las distorsiones de la historia dominicana, tanto por autores dominicanos como extranjeros, ha tendido un manto de inexactitudes sobre hechos tan fundamentales. Estas distorsiones aseguran que Amado García Guerrero se unió a los conjurados para matar a Trujillo, luego de haber matado a René Gil por un mandato del Tirano. La noche del 31 de mayo de 1961, actuaron Salvador Estrella Sadhalá, Imbert Tejeda, Luis Amiama Tió, Antonio Imbert Barrera, Antonio de la Maza, Amado García Guerrero, Roberto Pastoriza Neret y Pedro Livio Cedeño, entre otros.

El 2 de junio, agentes del Servicio de Inteligencia Militar (SIM), ubicaron al teniente Amado García Guerrero en una casa de una tía política en la Avenida San Martín, No. 59. Después de varias horas de intenso intercambio de disparos, cayó asesinado el único militar activo de las Fuerzas Armadas de la República Dominicana que participó en el tiranicidio.

La doctora Luisa María Gil Ramírez de Lluberes murió el día 1 de junio del año 2006. A la hora de su muerte estaba casada con el señor Fernando Lluberes Pereyra.

La historia cimentada sobre el rumor y mantenida en vigencia, por muchos autores, rivaliza en horror y en desmesura con la verdadera historia de Luisa y Amadito y la muerte de René Gil.

Cualquier tragedia personal o colectiva imaginada por el pueblo dominicano pudo haber sido perfectamente posible, entre todas las tragedias y horrores acaecidos durante la tiranía.

La verdadera y completa historia de la vorágine que vivieron René, Luisa y Amadito es asunto absolutamente privado de sus familias. Esta recreación del rumor es sólo una de las muchas historias que pudieron ocurrir en la larga noche de la dictadura.

CORTE DE PELO PARA OBATALÁ
(Seis hombres en el filo de una navaja)

Para

Alex (La Gárgola)
Alexis (botella)
El Jay
Frank (Beer)
Jimmy (Business Man)
Obi (Swing)
El Dueño
Ronny
Macorís
Chito

PERSONAJES

BARBERO 1. 50 años. Es romántico y enchapado a la antigua.

BARBERO 2. 25 años. Es muy parco. De pensamiento lógico.

BARBERO 3. 24 años. Tiene la ropa raída y parece golpeado.

BARBERO 4. 22 años. Joven afeminado. Viste con colores pasteles.

BARBERO 5. 30 años. Es muy organizado y de hablar pausado.

BARBERO 6. 25 años. Es locuaz e irónico. Tiene respuesta para todo.

DUEÑO. 60 años. Es un avaro. No mira al interlocutor cuando habla.

MUJER. 30 años. Viste con ropa muy pegada para llamar la atención.

ROBALAGALLINA. Joven vestido de mujer con nalgas postizas.

DIABLO COJUELO. Lleva una máscara, un recipiente y un foete.

PAPELU. Joven sin máscara. Tiene un disfraz hecho de periódicos.

LA FRAGANCIA. Vendedora de comida a domicilio.

EL CIEGO. Camina apoyado en un palo y lleva gafas oscuras.

CLIENTE. Policía encubierto.

PITONISA. Ofrece consultas detrás de una mampara.

Corte de pelo para Obatalá
Acto uno
Primera escena

[La escena se despliega en "VILLA CONSUELO BARBER SHOP", una barbería en los Estados Unidos. Hay dos columnas con tres sillas en cada línea, de manera tal que el barbero No. 1 queda frente al barbero No. 6. Sólo hay dos barberos limpiando la estación de servicios. El barbero 1 tiene un letreo que dice: "Hoy no fío, mañana sí". El barbero 6 tiene un letrero que dice: "Todo el que tiene un porqué, encontrará cómo hacerlo". En las paredes de la barbería hay muchas fotos de mujeres casi desnudas, números de teléfonos escritos a mano y adornos típicos. Un reproductor de discos compactos encima de la mesa del barbero 6 trae un bolero antiguo.]

BARBERO 1. [Cantado a dúo con la radio.]

"...Aturdido y abrumado
por la duda de los celos,
se ve triste en la cantina
a un bohemio ya sin fe.
Con los nervios destrozados
y llorando sin remedio
como un loco atormentado
por la ingrata que se fue..."
Mozoooooooooo!

BARBERO 6. [Interrumpiendo la canción.] ¡Coño, viejo, ya deja de cantar la misma vaina! ¡Olvídate de esa mujer, no joda! A ver, dime, ¿Qué fue lo que te hizo esa diabla? Para no dejármelo hacer de la que me conseguí anoche [Ríe.]

BARBERO 1. Aunque te lo diga con lujos de detalles, no lo entenderías. ¡Qué sabes tú lo que es entregarse a una mujer y que te dejen en el aire, con el corazón partío y en bandolera!

BARBERO 6. En tu opinión yo no sé nada de las mujeres. Tú eres el matatán, el papaupa de la matica, el oso de la pata peluda, pero a mí no me dejan. Si le pego el látigo (Saca la lengua y la mueve como una serpiente.) me andan atrás para toda la vida. La que se vino conmigo, no me olvida, Peje. Y no doy lástima llamando mujer que no me quiere. La que no me para, no le paro; como que me llamo Bienvenido, tan seguro como que las mujeres me dicen Bimbolo.

BARBERO 1. [Arrepentido de haberse metido en pelea.] ¿Supiste la última?

BARBERO 6. ¿Qué pasa?

BARBERO 1. Anoche se llevaron a JC. Dice Manolo que andaba con Anthony La Brega, en el carro Honda que se robaron en Manchester. ¡Ese estúpido! Anthony salió el mismo día y lo dejaron ir con una fianza, pero JC tenía record, y ahora no se sabe cuándo sale.

BARBERO 6. ¿Y la familia qué dice?

BARBERO 1. Lo que dicen todas las familias: "que, si andaba bregando y no guardó los chelitos, que se joda, que las calles son para los hombres"; Ah, y disque que hagamos una colecta entre todos los barberos y a los amigos que cooperen también, a ver si sale del bote antes que lo cojan los federales.

BARBERO 6. [Interrumpiendo.] ¿Y con cuánto sale?

BARBERO 1. No sé nada seguro. Hay mucha gente hablando pendejá del asunto. Lo cierto es que nadie conoce la mujer de JC, bueno, quiero decir la mamá de los hijos. Me dieron un número de teléfono, pero nadie responde en ese número a ninguna hora. Hablé con una de las novias que venían a buscarlo en los weekends, pero la tipa me dijo que piden cinco mil dólares. Más la borona que falta para lo del abogado.

BARBERO 6. Entonces se lo llevó quien lo trajo, mano. Y, ¿Quién de nosotros tiene mil dólares para darlo? Lo más que yo puedo dar es cien dólares y si los doy me descuadro, tigre. Ni siquiera he podido pagar la silla de esta semana. Me le subieron cincuenta lágrimas de un cantazo al cuarto donde vivo. Si no fuera porque es casa y hotel, mando para el carajo al judío ese que cree que ese hoyo es un hotel de cinco estrellas.

BARBERO 1. Mira la vaina de hoy. Aquí no ha entrado nadie. Tengo tres días que no hago ni siquiera un cerquillo. A veces cuando te estrenas con el primer cliente, es con un fiao; un amigo que viene y se recorta por la mitad del precio y te pide que le pele al carajito.

¿Tú sabes por qué yo no me voy y dejo esta mierda?, porque ya tampoco soy de allá. ¿A qué cojo para la isla? Si es duro seguir aquí, empezar de nuevo en Villa Consuelo es imposible. El que emigra lo maldice el diablo. Ese es el castigo de los que salen de su país, que nunca serán de donde ahora viven y hace tiempo que dejaron de ser de donde salieron.

BARBERO 6. Por eso me gusta recortar los tigres de la calle. Te dan veinticinco y treinta pesos por un recorte todas las semanas. A veces te dan veinte por arreglarle la barba.
BARBERO 1. ¡Anjá!
BARBERO 6. [Reflexionando sobre lo que dijo.] Pero yo sé que en el fondo te dan esa propina para sentirse grandes, para saber que tienen poder. Dan esas migajas de propinas, te pagan bien, porque creen que con eso Dios los perdonará. Creen que, si te ayudan a matar un poco el hambre, Dios no los dejará que los cojan en la calle, o que, si los cogen, no les cantarán mucho tiempo en el bote, no los mandarán a un bloque controlado por la pandilla contraria. Quieren comprar la esperanza de que, si caen preso, nadie en la cárcel se antojará del culito nuevo que llega. Sí, por eso te dan más dinero, quieren comprarle a Dios lo que le quitan a la vida, enfermando a los otros con su porquería química. Ellos quieren rentar un asiento en la gloria. El único problema con ese negocio es que pagan su perdón con dinero falso. Darle diez dólares de propina al padre y envenenar al hijo vendiéndole pastillas no cuadra. Dios no coge esa.
BARBERO 1. [Alegre con la idea.] Y si ponemos una caja para recaudar fondos. Si colocamos una caja con la foto de una niña enferma y decimos que estamos pidiendo para comprarle medicina o para mandarla para Guatemala. Después de todo, salvar una niña enferma y evitar que se joda un amigo son obras de caridad iguales. Sacar a JC de la cárcel antes que le encuentren el record de NY y lo deporten, eso es un acto de bondad que, supongo, Dios debe agradecer. Porque si lo mandan para el patio, JC se fuñe. Ese no tiene cojones para venir con los coyotes por Centroamérica y México, o atravesar el canal de La Mona en yola, o meterse en la bodega de un barco.

BARBERO 6. ¡Por eso, coño, es que yo ando solo! Soy la oveja negra de esta barbería. Lo que me va a pasar, me pasa a mí solo. No quiero testigos ni de lo bueno ni de lo malo. El que cruza solo su abismo nadie le monta el coro de que lo vieron llorando, que se «quitió» en el momento duro o que lo atracaron y le dieron por la cara. Nadie hará historia. Infierno o gloria, voy solo. Sólo yo construyo mi puente y lo tumbo. A mí nadie me jala de una cadena. Dios en el cielo y en la tierra yo.

BARBERO 1. [Sube el volumen de la radio y canta la canción donde la interrumpió.]

"…y la sangre que brotaba
confundiose con el vino
y en la cantina este grito
a todos estremeció
no te apures, compañero,
si me destrozo la boca,
no te apures que yo quiero
con el filo de esta copa
borrar la huella de un beso
traicionero que me dio…"

[Bajando el volumen para hablar.]

¿Bimbolo, dónde conseguimos una foto de la niña enferma para hacer la colecta?

BARBERO 6. No sea pendejo, la bajamos de Google o ponemos una que tengo de la hija de mi tía, cuando tenía 8 años, ni ella se reconocería; ella ahora tiene 30 y vive en Florida.

DUEÑO. [Entrando con otro joven.] ¿Dónde están los otros?

[Mira en redondo y pone unos papeles y una libreta de tomar apuntes en la primera estación, que encuentra desocupada.]

BARBERO 6. ¿Qué hubo, Don?

DUEÑO. ¿Ya no se trabaja en este negocio? Tanto que piden que le den trabajo y, cuando se lo dan, entonces no quieren trabajar, coño. Por eso es que este país está así. Cayéndose a pedazos. Quieren encontrar todo fácil, que el gobierno los mantenga. Desacreditando a los que se rompen el lomo de campana a campana. [Hablando para los dos barberos, pero lo hace como si estuvieran todos.] Él es Johnann y comienza hoy. Por favor, me le dan una mano, como hicieron con ustedes cuando entraron. Este es su primer trabajo y no tiene mucha experiencia. [Hablándole al nuevo empleado.] Siéntate en la silla del fondo. No es bueno que los empleados nuevos se sienten delante. Los clientes que miran desde afuera, si ven caras nuevas, creen que esta vaina cambió de dueño y a nadie le gusta pelarse con barberos diferentes. [Se recuesta de una silla vacía.] Con el tiempo te darás cuenta de que nosotros somos los ginecólogos de los hombres. A nosotros nos cuentan cosas que ni a sus madres les dirían. En el fondo, todos los que se sientan aquí quisieran cambiar sus vidas, y, como no pueden, se conforman con confesar su derrota. Por eso los barberos viejos siempre tienen clientes. Si no hay confianza, no se hace bien el trabajo. Sólo una mente perversa puede contarle su vida a un extraño.

[El nuevo camina lentamente hacia la silla no. 4, que está al fondo.]

¿No han llegado cartas para mí?

BARBERO 1. Una sola, pero la eché en el zafacón del baño, por si quiere verla. Usted dijo que no le guarden cartas que no tengan un remitente claro.

BARBERO 6. [Como recordando algo.] ¡Ah! También vino a buscarlo un tipo raro, pero no quiso decir lo que quería. Únicamente observó un rato, anotó algo en una libretica que tenía en el bolsillo de la chaqueta y luego dijo que necesitaba su número de teléfono. Pero como no lo había visto nunca, le dije que yo no lo tenía.

DUEÑO. ¿Cómo estaba vestido?

BARBERO 6. Estaba vestido normal, tenía una gorra de los Yanquis, con camisa azul claro y pantalón negro. Parecía persona importante, tenía las manos bien cuidadas y los zapatos limpiecitos. Me dio la impresión de que era la primera vez que venía a este pueblo.

DUEÑO. Ok. Yo averiguo cuál es el asunto.

BARBERO 4. Don, ¿puedo usar mis máquinas o usted les da a los barberos las herramientas?

DUEÑO. ¡Hazlo como te dé la gana! [Se pone de nuevo la chaqueta y recoge los papeles.] Mañana es domingo… [Se frota el dedo índice contra el pulgar como contando el dinero.] Día de Nuestra Señora del pago. No quiero cuento con el dinero de la silla. Si no lo tienen completo, mejor no vengan, que este negocio cerrado gasta menos. No deja pérdida ni vienen a joder los del IRS. [Saliendo.] Ni tampoco los inspectores del City Hall.

BARBERO 1. A ese maldito la avaricia lo está matando. Como si el dinero se comiera. Por más que consigue riqueza, sigue siendo infeliz. Él no sé da cuenta que quien se pudre en dinero como quiera se pudre. Yo no tengo nada, pero ese es más pobre que yo.

BARBERO 6. Chupa sangre es lo que es. Dizque todos los domingos en misa, y tiene el corazón de un chofer de guagua pública. Ese es de los que le bebe la sopa a un «malograo». Se puede confesar mil veces y no le verá la cara a Dios cuando se muera. Se atreve a ladrar de noche para no darle comida a un perro. Así yo no quiero cuarto. Yo no sirvo para vivir en esa agonía que él vive.

BARBERO 1. [Mirando con cuidado a ver si el Dueño no lo escucha.] ¡Shisss! ¡Cállate, no joda! ¡Habla bajito, coño! Tú no sabes si el nuevo es un calié. Ese mamasijaya se atreve a traer a un chivato disfrazado de barbero.

BARBERO 6. ¡Me importa, mano! Si canta, le corto la lengua en treinta pedazos con esta maldita navaja. [Mira la cuchilla.] A maricones más grandes que ese le he dado por la boca pa' que respeten. Tú verás. Lo voy a estar vigilando. Si no sabe recortar bien, es un calié como tú dices. Si es un chivato, le armo un trompo que lo vendo y lo pongo a buscarme los cuartos. Ningún palomo marca mi territorio. Yo no Salí de Villacon a pasar vergüenza. A mí hasta los federales me respetan. Yo no cojo corte: o me anda derecho o lo exploto.

[Los barberos se quedan en silencio, mientras organizan la estación de servicios. La luz se apaga lentamente.]

Acto uno
Escena dos

[La escena inicia en silencio. El BARBERO 1 busca en el dial del radio una canción que traduzca su estado depresivo del día. El BARBERO 6 se acicala la barba, se depila las orillas de las cejas y, cada cierto tiempo, se revisa la dentadura y comprueba el grosor de sus brazos en la imagen del espejo. El BARBERO 4 arregla las pocas cosas que tiene sobre su estación de trabajo. Después de unos minutos, el BARBERO 1 comienza a cantar un bolero viejo que encontró en la radio y el BARBERO 6 mira con lujuria a una mujer que entra vestida provocativamente]

MUJER. [Caminando rítmicamente para llamar la atención.] ¡Good Morning, muchachos! ¿Y JC no trabaja hoy?

[Los barberos se miran, pero nadie contesta.]

MUJER. [Se acerca unos segundos a la ventana que da a la calle y observa.] ¿Cuál de ustedes me puede sacar las cejas? Hoy no puedo esperar. Esa policía parece que el marido no la atiende. Por cualquier pendejá te da un ticket y no razona. Si lo puso, lo puso. [Mirándolo a todos.] ¿Quién me la saca?

BARBERO 6. [Limpiando el sillón.] Ven, siéntate, negra, yo te la saco. Yo te saco lo que tú quieras.

MUJER. No te pases. Hablé de las cejas.

BARBERO 6. No te sulfures cariño que estoy bromeando. Yo soy fiel a mi gorda.

MUJER. ¡Unjú! Así dicen todos y se acuestan hasta con su hermana. Yo hace tiempo que no creo ni en la una y una. Yo no creo en hombres.

BARBERO 6. Ya… te entendí… le llegué al mambo.

MUJER. [Sentándose.] Te volviste a pasar. No creo en hombres y en mujeres menos.

BARBERO 6. [Acomodando el sillón para que la mujer se acueste.] ¡Diablo! Negra, ese pan lo hicieron cuando la harina estaba barata. A ti sí es verdad que Dios te dio con qué defenderte. [Ríe.] Tú estás artillá por si los gringos te niegan los cupones y el welfare.

MUJER. [Poniéndose la mano entre las piernas.] Ese es mío y no se lo debo a nadie. [Cambia la conversación de repente.] Ponme un poco de vaselina que la cuchilla me irrita.

BARBERO 6. Como tú digas, amorsote, esta barbería es tuya.

BARBERO 1. [Interrumpiendo.] ¡Y de Pedro! [Ríe.]

BARBERO 6. Deja de estar comiendo boca, viejo. Que tú sabes que con las mujeres no pegas una.

BARBERO 1. [Mirando al nuevo barbero.] Quizás tengo más suerte con los varones.

BARBERO 6. [A la Mujer.] ¿Qué tú vas a hacer el sábado, dulzura?

MUJER. [Tocándose las cejas.] Depende.

BARBERO 6. Vamos un rato para Malaya, que viene Teodoro. Tengo mucho que no bailo y me gustaría borrarte el ombligo bailando bachata de verdad.

MUJER. [Hablando sin cambiar de posición.] Mi hijo, ¿y tú sabes bailar? Tú tiene una cara de pariguayo que no puedo con ella.

BARBERO 6. [Acercándose.] Si bailas conmigo, te aseguro que no bailas con más nadie.

MUJER. [Levantándose del asiento.] Yo no bailo con hombre que no sea mío.

BARBERO 6. Si quieres, tú te bebes una Malta Alemana. Solamente vamos a bailar, no te asuste. Que yo me bebo mi Brugal de mallita.

MUJER. Lindo, yo no conozco el miedo. Yo soy de guerra. Lo que pasa es que bailar con un hombre con el que tú no te esté acostando es una vaina. [Con la intención de que todos oigan.] Si el tigre baila malo te arruinó la noche y si el tipo baila bueno, se te jodió la vida. Porque las mujeres sabemos muy bien que como el hombre baila hace el amor. Y yo no estoy para esa vaina de enamorarme otra vez. [Como arrepintiéndose de la confesión.] ¿Cuánto te debo?

BARBERO 6. Yo soy como los cueros de antes, no cobro la primera vez. Si te gusta y vuelves, entonces te doy mi tarifa.

MUJER. [Con burla.] ¡Vaya qué caballero! ¿Y cuál es tu nombre, para saber a quién le debo el favor?

BARBERO 6. [Le toma la mano y la besa con malicia.] Me llamo Bolívar, chula, para lo que te pueda servir, pero mis panas me dicen Bimbolo.

MUJER. [Ríe.] Con ese nombre, menos para ir contigo a bailar. Cuando yo me emperro no hay pa' nadie. Tú hueles a peligro, Dildo... [Hace una pausa.] Digo, Bolívar. (Sale riendo.)

BARBERO 4. [Levantándose de la silla y gritando desde la puerta.] ¡Mira, Loca, se te quedó la cartera!

MUJER. [Entrando, recoge la cartera.] Gracias, mi rey. [Mirando al Barbero 6.] La culpa es de este por ponerse a prender estufa sin saber si se va a cocinar. [Sale riendo.]

BARBERO 1. Este mundo se perdió. Las palomas les tiran a las escopetas. Aunque con esa pinta no hay que ser adivino para saber a qué se dedica esa loca. Esa lo cambia por batata.

BARBERO 4. Su cosa es de ella. Si ella no se lo coge prestado a nadie, si ella no le hace daño a nadie con eso, si ella no viola menores, puede hacer con su parte lo que le dé la gana.

BARBERO 6. [Justificándola.] Ella es lo mismo que tú, que yo, que nosotros, ella lo hace por su cuarto. Yo he visto muchísimos cueros que levantan una familia sola, sin un maldito hombre. Que crían sus muchachos decentes, que los mandan a la universidad y nadie tiene derecho a recordarle a esa mujer que echó adelante a una familia prostituyéndose por una miseria.

BARBERO 1. Son muy pocas. La mayoría entran por necesidad y se quedan por el gusto. Cobrando por gozar también.

BARBERO 4. ¡Bárbaro! ¿Y tú le llama gozo a esa vida? Tú sabes lo que es aguantar la baba de un borracho, que hiede a diablo, besuqueándote y "lambiéndote". Si con la pareja tuya a veces tú no quieres ni dormir.

BARBERO 6. [Mirando hacia fuera.] Ella no se ve tan mal. Yo he visto paquete de mujeres de ese tipo que cambian de vida de un día para otro. Tú coge a esa mujer y la saca de la factoría en donde se está muriendo, le cambia el peinado y le pone trapos nuevos y después nadie la conoce. Esa mujer no es que la naturaleza no le haya dado lo suyo, es que no tiene para llegarle a Oscar de la Renta, ni a los zapatos de Neimann Marcus, ni a las carteras de Vuitton. Mano, Oprah es trapo y perfume, pero si le quitas esas prendas, es una negra más, una morena de las que venden flores en Villa Consuelo.

BARBERO 1. ¿Tú le viste la boca?

BARBERO 4. ¿Qué tenía en la boca?

BARBERO 1. Tigre, tiene bellos como si fueran bigote de muchachito y los dos dientes del frente separados.

BARBERO 6. Así es que la quiero. La mujer que tiene bozo tiene el chocho sabroso. [Ríe.] Y si tiene los dientes separados, pana, ahí hay un bonus extra, sale gritona, de las que entregan el alma cuando se enchulan.

BARBERO 1. No te meta en ese callejón, que no vas a salir. Así tenía la boca la que me desgració la vida.

BARBERO 6. [Agarrándose la entrepierna.] Sí, pero yo tengo con qué responderle y tú no. Tú hace tiempo que estás sordo. A ti te llaman y no responde. [Ríe con estruendo]

BARBERO 4. [Medio amanerado.] ¿Y la tuya era gritona también?

BARBERO 1. ¿Te importa esa vaina? ¿Para qué tú quieres saber? No jodas.

BARBERO 6. Pana, pero suelte, ¿gritaba o no?

BARBERO 1. ¡Sí, coño! Gritaba y duro. Nunca dijo que no a nada de lo que le pedí en la cama. Ese demonio era una dulzura. [Imitándola.] Viejo pa' quí, viejo pa' lla. ¿Qué quieres que te cocine? Me voy a bañar en lo que tú comes. ¿Te saco caspa? [Pensando.] Me dio de la que envicia. Yo a veces para provocarla le decía: Mami, ¿qué tú vas a beber? Y siempre me decía lo mismo: [Imitándola.] "Lo que tú bebas, papi". Negra, ¿te pido un vaso? "No, cielo, yo bebo del tuyo". ¿Negrona, de paso o para amanecer? "Lo que tú quieras, chulo"... para después dejarte en la calle. Y verla bailando con otro los malditos discos que ella pedía para bailar contigo. Por eso no voy a discoteca, para no encontrarla y ver en la mesa un vaso y escuchar las vainas que ella me decía y que ahora se las dice al tipo que le puede comprar todo lo que ella pide. Porque para ellos sí es fácil dar el número del teléfono anotado en un billete de cien. Decirle en el Mall: "Mami, llena ese carro y no le pare"; y tú, arañando pesitos para pagar renta, para pagar esta jodía silla, aunque nadie venga a pelarse.

[Los dos barberos se miran en silencio.]

Ustedes pueden decir lo que quieran. Tú, Bimbolo, puede decir que soy flojo en la cama, que me la dejé quitar, pero nadie se sabe el cuento completo. El que tiene el cuchillo dentro es que sabe de qué largo es. A mí no me la quitó ese carajito "vende pastilla", a mí me quitó la mujer, el BMW que no tengo, el Chivas que no podía comprarle, los vestidos de quinientos dólares que no podía regalarle, el tener que irme de la fiesta temprano, porque al otro día había que estar en la factoría para no perder la chamba. [Hablando para sí mismo.] Yo no nací pendejo, me hicieron pendejo a la fuerza.

BARBERO 6. [Acercándose y echándole el brazo en el hombro.] Tranquilo, mano, tú no eres el único ni el primero ni el último. En esta barbería no hay un solo motón.

BARBERO 1. [Buscando un disco en la radio.] No te descuides con esa que le sacaste las cejas, se parece a la mía. Y a mí me sacaron el alma.

BARBERO 6. No hay tormento. Yo soy de Villa. Si le doy un peso, cuando me vaya, le robo hasta los pantis. Conmigo no hará historia.

BARBERO 1. [Apagando la radio y cantando a capela.]
"¿Qué te pedí
que no fuera leal comprensión
que supieras que no hay
en la vida otro amor
como mi amor?
¿Qué no te di/
que pudiera en tus manos poner
que, aunque quise robarme
la luz para ti no pudo ser...?

[Imita el grito de la cantante "La Lupe"]

¡Guayyyyyyy!

Acto dos
Escena uno

[La escena inicia con la barbería desolada. Al encenderse las luces, los barberos están sentados haciendo mutis. El dueño está de pies frente a la silla del barbero 4, que está desocupada.]

DUEÑO. [Hablando en voz baja para sí mismo.] A mí está bueno que me pase. Habiendo tantos trabajos tuve que meterme en esta vaina, a bregar con esta trulla de malagradecidos. [Refunfuña entre dientes.] Para lidiar con animales solamente hay que ser veterinario, pero para trabajar con gentes, hay que ser psicólogo, sacerdote, amigo, compadre y pendejo. [Hablando para sí mismo, pero en voz alta] Pero... nada, Pedrito. Tú estás muy viejo para traquetear con drogas. Tú no aguantas doce horas en una factoría y en este pueblo no cabe otra bodega más. Así que... aguanta y en cinco años más le dejas este país a los blancos para que se lo coman con yuca.
[Habla para todos los barberos y limpia el espejo del Barbero 4.]
Quiero que todo esté reluciente. Que esta pocilga se vea más o menos decente. Los inspectores ya se tiraron donde Antonio y no dejaron un sólo barbero. La multa ahora es de quinientos dólares y te cierran el negocio por tres días. [Hablándole al barbero 6.] Pon tu licencia donde se vea claramente. Eres la cara del negocio por estar en la primera línea.
BARBERO 2. ¿Y por qué no cerramos por una semana en lo que se calman? ¿Por qué no cogemos ese tiempo para que todos los barberos se pongan al día?

EL DUEÑO. [Hablándole todavía al Barbero 6.] Porque este negocio tiene gastos. Por eso. ¡Con qué carajo voy a pagar la renta! Ustedes creen que aquí no se paga «Biles».
BARBERO 2. Entonces, ¿qué hacemos los que no tenemos licencia?
EL DUEÑO. [Contesta, pero mirando al Barbero 6.] Ustedes se mantienen tranquilos, como que todo está en orden. [Al Barbero 6.] ¿Sacaste las copias?

BARBERO 6. Sí, Don. Están en mi gaveta.

DUEÑO. Pon una copia de cada una de las licencias pegada bien arriba en el espejo.

BARBERO 5. Pero esas licencias son de barberos que hace mucho tiempo no trabajan aquí. Algunos de ellos hasta los deportaron.

DUEÑO. [Contesta, pero mirando al Barbero 6.] No importa. La mayoría de los gringos son estúpidos. Si se mantienen tranquilos y dejan hablar al único que tiene licencia, no habrá problemas. Si tenemos suerte, cuando lleguen aquí, ya habrán pasado por cincuenta barberías y, con esa pela, todas las licencias parecen iguales. Además, si nos toca un inspector gordo, que tiene muchos tatuajes, nos salvamos. Está metido en drogas otra vez y le dejé saber con un amigo que fuman juntos cual es el «deal», qué es lo que hay, que le puedo dar para su cura si no jode con mi negocio.

CLIENTE BARBERO 5. [Entrando con una sonrisa de quien quiere ser amable.] Good morning, friends. A beautiful day this Saturday. [Se sienta en la silla del barbero 5.]

BARBERO 5. ¿What you want hoy, buddy?

CLIENTE BARBERO 5. The same haircut, friend. You know.

BARBERO 5. [Empieza a afeitarlo ligeramente.] My friend, quiero tu ayuda.

CLIENTE BARBERO 5. [Con cara de interrogación.] What did you say?

BARBERO 5. [En inglés con acento hispano.] I need un favor. I have problem need your help.

CLIENTE BARBERO 5. What?

BARBERO 5. Wait a minute. [Le hace señas al Barbero 2.]

BARBERO 2. [Se acerca.] ¿Qué pasó?

BARBERO 5. [En voz baja.] Tradúceme una vaina que le voy a decir a mi cliente, que parece que él no entiende mi güiri, güiri.

BARBERO 2. ¡Dale!

BARBERO 5. [Con algo de enojo.] Se lo dice igual como yo te lo diga. Y que esto no salga de nosotros.

BARBERO 2. Ta to. Claribel, manín.

BABERO 5. [Hablando para el barbero, pero mirando al cliente.] Dile que JC está preso, que lo tienen en Middlenton, en el pabellón C15. Que si él puede ayudarlo.

BARBERO 2. [Al Cliente.] My friend says that JC is in jail. In Middleton prison in Hall C 15. That if you can help him.

BARBERO 5. [Al Barbero 2, pero mirando al Cliente.] Dile que JC es un buen tipo, que es como mi hermano. Que, si me da una mano, le damos algo de dinero y se recorta gratis por un año.

BARBERO 2. [Al cliente.] My friend says JC is a good guy, who is like his brother. That if you give him a hand with this problem, we give you some money and have free haircuts for a year.

CLIENTE. [Al Barbero 2, pero mirando al Barbero 5.] What do you want me to do for him?

BARBERO 2. [Al Barbero 5.] Dice el «Federico» este, que qué quieres que él haga por JC.

BARBERO 5. Dile que si puede sacar una evidencia que ellos tienen. Que si puede lograr que no le tomen huellas a ver si no lo deportan.

BARBERO 2. Vete al paso, ¿qué otra cosa le digo?

BARBERO 5. Que si hay alguna forma de sacarlo antes de que lo lleven a corte.

BARBERO 2. [Al cliente.] He says, if you can get rid of the evidence they have. That, if you can prevent them from taking his fingerprints, so they won't deport him and if there is a way to take him out before he goes to court.

CLIENTE. [Al Barbero 2, pero mirando al Barbero 5.] I'll see what I can do. Things are more difficult now, but you can always do something if you have Franklin and the right connections.

BARBERO 2. [Al Barbero 5.] Dice tu cliente que va a ver lo que hace. Que las cosas están más difíciles ahora, pero siempre se puede hacer algo si hay Franklin. [Mueve los dedos como contando dinero.] Y si se tienen los contactos adecuados.

BARBERO 5. [Con cara de alegría, le quita la capa al cliente y lo peina.] Thank you, amigo.

CLIENTE. [Al barbero 5, con un español con acento norteamericano.] Adiós, amigo. [Sale.]

BARBERO 5. No forget el asunto, please.

CLIENTE. I'll be back as soon as possible.

[El Barbero 5 barre la barbería mientras los otros leen revista y organizan las tijeras y las navajas.]

Acto dos
Escena dos

[La escena inicia en un cuartucho destartalado. Hay un altar con divinidades africanas indígenas y católicas. Hay una copa grande de agua, una baraja española y una campana. Todo está alumbrado con velones a ambos lados del altar. En un radito pequeño se escucha la canción San Lázaro, en voz de Celina y Reutilio. Detrás de una mampara se ve la silueta de la pitonisa.]

BARBERO 1. [Entrando, se sienta en una silla a la derecha.] Mano, entre con confianza, no le tenga miedo a esto. Si usted no relaja con los seres, ellos no lo castigan.
BABERRO 2. [Entrando. Se sienta en una silla a la izquierda.] Pana, yo vine por no decirte que no, pero a Jay no lo salva nadie. Si esta mujer fuera sabia, viviría mejor que tú y mira donde es que vive.
BARBERO 1. Te digo que tiene luces. Ella fue la que me dijo que metiera los papeles, que Ana Isa me quería como a un hijo, y los blancos me cogieron las huellas y no salió lo de la pistola de Pensilvania.
BABERRO 2. [Incrédulo.] Tuviste suerte o te dieron un break, pero ella no tuvo nada que ver con eso.
BARBERO 1. Ella o la suerte, yo soy agradecido. Le traje una caja de velones, dos docenas de pañuelos y un litro de Johnny para el caballo, por si acaso. Si no fue ella, perdí 100 dólares y si fue ella pagué el asunto.
PITONISA. [Detrás de la mampara y con voz distorsionada.] Quítense los zapatos y descrucen los brazos. ¿Quién va a consultar?
BARBERO 1. ¡Yo!
PITONISA. ¿Para ti o en nombre de otro?
BARBERO 1. En nombre de un hermano.

PITONISA. Para el que cree, todas las cosas son posibles. Para el que no, ni las posibles las podrá conseguir. El poder del misterio es del tamaño de tu fe. Abre el corazón al espíritu y todo será conseguido.

BARBERO 2. [Intenta irse, pero el Barbero 1 lo detiene.]
PITONISA. ¿Cuál es el nombre del necesitado?
BARBERO 1. Se llama Jay.
BARBERO 2. Su nombre es Juan José Benítez, pero en la barbería le decimos Jay.

PITONISA. [Detrás de la mampara.] Voy a llamar a los misterios. Cuando yo pida que vengan, ustedes repiten conmigo. Tienen que pedir con fe, que vengan a visitar este altar, para yo poder hacer el trabajo. Cuando oigan sonar la campana, tienen que hacer silencio o el misterio no vendrá.

[Barberos 1 y 2 parecen discutir en silencio solo con gestos.]
PITONISA. [Hace una pausa.] ¡Ven, Eleguá, señor y rey de los caminos, guardián de los pasos del que huye, vigilante del correr del perseguido!
[Suena un solo campanazo.]
BARBERO 1. ¡Ven, Eleguá!
PITONISA. Acude a mí, Yemallá, reina de los mares. Protectora del que atraviesa el agua. Que la duda de tus siervos no sea para condenación.
[Suena un solo campanazo.]
BABERO 1. [Con un gesto, invita al Barbero 2 a que repita.] Acude a mí, Yemallá.
PITONISA. Dame tu poder Obatalá. Envía a este altar a tus Orishas, para que tu nombre tenga gloria.
BARBERO 1 Y 2. Danos tu poder, Obatalá.
[Suena un solo campanazo—tras la mampara, la pitonisa bebe un trago de ron.]
PITONISA. Babalú Ayé, Ogunn y Changó, ustedes que pueden ver el futuro, que rompen las cadenas y abren los caminos, vengan a este altar.
[Suena un solo campanazo.]

BARBEROS 1 y 2. Vengan a su altar, Babalú Ayé, Ogunn y Changó.

PITONISA. [Con risa estruendosa y voz distorsionada.] Je veux que ron et mouchoirs pour papabocó. Tafiá, tafiá et mouchoirs.

BARBERO 2. ¿Qué fue lo que dijo?

BARBERO 1. Que el jefe de los loases quiere ron y pañuelo.

BARBERO 2. [A la pitonisa.] ¿Qué va a pasar con Jay?

PITONISA. Habla con el caballo.

[Se oye una campanada larga.]

BARBERO 1. [A la Pitonisa.] ¿Qué va a pasar con el hombre?

PITONISA. Se pueden ir tranquilo, ya él está en la luz. Nadie le podrá hacer daño.

BARBERO 1. Te dije mano que la mujer sabía su asunto, te apuesto que no lo deportan.

BARBERO 2. [A la Pitonisa.] ¿Cuánto le tenemos que pagar?

PITONISA. A mí, nada. Yo recibo a los seres para ayudar, pero al misterio tráele un litro de ron del bueno y una docena de pañuelos amarillos.

BARBERO 1. [Saliendo.]. Ta to, vengo mañana

BARBERO 2. [Saliendo.] Yo también.

PITONISA. [Le habla a distancia.] ¡Mañana no, el misterio solo sube martes y viernes!

¡Ah! Y me le dicen a Jay que cuando se arregle su asunto, que tiene que venir y arrodillarse en este altar.

[La pitonisa sube el volumen del disco: "Que viva Changó" de Celina y Reutilio y canta con ellos.]

Acto dos
Escena tres

[La escena inicia con dos clientes recortándose: uno con el Barbero 6 y otro con el Barbero 4. Se escucha un gran ruido y todos se ponen en guardia a ver de qué se trata.]

CLIENTE BARBERO 6. What's happening out there?
CLIENTE BARBERO 4. No sé, parece que es una pelea de pandilleros o un lío de drogas. Uno nunca sabe. Este es un vecindario pobre, cualquier cosa puede pasar.
[Voces acercándose, se oye más claro lo que dicen.]
VOCES.
"El mejor colmado,
el de aquí,
el mejor barbero,
el de aquí.
Roba la gallina,
palo con ella.
Tin, tin, manatí,
ton, ton
molondrón,
a mamá que le mande una cebollita,
dile que coja la más chiquita…

[Entra una comparsa de carnaval de sólo tres miembros. Uno va disfrazado de Roba la Gallina, otro tiene una máscara de Diablo Cojuelo, y el otro está disfrazado de Papelú. Tienen un fututo y un silbato para acompañar la comparsa.]

ROBALAGALLINA. [Canta y pasa un jarro para que le echen monedas.] Una vieja y un viejito…
DIABLO Y PAPELÚ. ¡Califé, Califé!
ROBALAGALLINA. Se cayeron en un pozo…
DIABLO Y PAPELÚ. ¡Califé, Califé!
ROBALAGALLINA. Y la vieja le decía…
DIABLO Y PAPEL PAPELÚ. ¡Califé, Califé!

ROBALAGALLINA. Que viejito más sabroso.

BARBERO 1. ¡Dejen esa bulla, se van de aquí con ese escándalo! Aquí que casi no viene cliente y que vean este desorden, van a creer que este es un lugar peligroso. ¡Se van! ¡Se van!

ROBALAGALLINA. Pana, no te ponga así. Estamos en la semana de la independencia, esto es parte de tu cultura. No seas anti dominicano.

BARBERO 1. ¡Qué cultura ni cultura! ¡Desde cuándo la cultura se hace pidiendo con un jarro!

DIABLO COJUELO. Esa propina no da para nada. Es para comprar un pote, para no hacerlo seco, para hacerlo como lo hacíamos allá, cuando nos íbamos para el Malecón y amanecíamos en Güibia. ¿Tú no fuiste muchacho?

BARBERO 2. ¡Coño, sí! Con lo que me gustaba eso. Amanecer en el malecón y después hacer un locrio de pica pica en la calle. Pero ya esa vaina no se puede. Si te cogen a esa hora, te mata la policía o te matan los sicarios deportados.

BARERO 1. ¿Tú quieres ver si yo fui muchacho? Dale al coro.

ROBA LA GALLINA. Califé, Califé!

BARBERO 6. Así no, hazlo con ánimo.

ROBALAGALLINA, DIABLO Y PAPELÚ. [Cantando con más fuerza.] ¡Califé, Califé!

BARBERO 6. Más o menos. ¡Vamos, otra vez!

TODOS MENOS EL BARBERO 1. ¡Califé, Califé!

BARBERO 1. Yo traigo una verdad nueva...

TODOS MENOS EL BARBERO 1. ¡Califé, Califé!

BARBERO 1. Que nadie la ha dicho nunca...

TODOS MENOS EL BARBERO 1. ¡Califé, Califé!

BARBERO 1. Pero tengo que vocearla...

TODOS MENOS EL BARBERO 1. ¡Califé, Califé!

BARBERO 1. Si no se me queda trunca...

TODOS MENOS EL BARBERO 1. ¡Califé, Califé!

BARBERO 1. El que venga a Nueva York...

TODOS MENOS EL BARBERO 1. ¡Califé, Califé!

BARBERO 1. Debe pensarlo primero...

TODOS MENOS EL BARBERO 1. ¡Califé, Califé!

BARBERO 1. Porque aquí los corazones...

TODOS MENOS EL BARBERO 1. ¡Califé, Califé!
BARBERO 1. Los fabrican con acero...
TODOS MENOS EL BARBERO 1. ¡Califé, Califé!
[Todos se miran asombrados.]
BARBERO 6. Háganme un coro a mí, a ver si me recuerdo.
ROBALAGALLINA, DIABLO Y PAPELÚ. [Mirándose y riendo.] ¡Ay mangué, Ay mangué!
PAPELU. El mundo es una escalera...
ROBALAGALLINA, DIABLO Y PAPELÚ. ¡Ay mangué, Ay mangué!
PAPELÚ. Donde se pasa trabajo...
ROBALAGALLINA, DIABLO Y PAPELÚ. ¡Ay mangué, Ay mangué!
PAPELÚ. Porque todos los que suben...
ROBALAGALLINA, DIABLO Y PAPELÚ. ¡Ay mangué, Ay mangué!
PAPELÚ. Se cagan en el de abajo...
ROBALAGALLINA, DIABLO Y PAPELÚ. ¡Ay mangué, Ay mangué!
TODOS. [Ríen con estruendo.]
BARBERO 6. Denme el coro
TODOS MENOS BARBERO 6. ¡Ay mangué, Ay mangué!
BARBERO 6. Unos viven en Manhattan...
TODOS MENOS BARBERO 6. ¡Ay mangué, Ay mangué!
BARBERO 6. Otros viven en el Bronx...
TODOS MENOS BARBERO 6. ¡Ay mangué, Ay mangué!
BARBERO 6. Y el resto vive en la luna...
TODOS MENOS BARBERO 6. ¡Ay mangué, Ay mangué!
BARBERO 6. Por la coca o por el ron...
TODOS MENOS BARBERO 6. ¡Ay mangué, Ay mangué!
BARBERO 6. En esta ciudad de hierro...
TODOS MENOS BARBERO 6. ¡Ay mangué, Ay mangué!
BARBERO 6. El carnaval no termina...
TODOS MENOS BARBERO 6. ¡Ay mangué, Ay mangué!
BARBERO 6. Todos llevan su careta...
TODOS MENOS BARBERO 6. ¡Ay mangué, Ay mangué!

BARBERO 6. Todos tienen sus vejigas.
TODOS MENOS BARBERO 6. ¡Ay mangué, Ay mangué!

[Todos ríen otra vez mientras la comparsa original camina pasando el jarro para que le den la propina. Van saliendo poco a poco de la Barbería. Los barberos se callan, vuelven lentamente a sus estaciones de servicios. Las voces de ROBALAGALLINA, DIABLO COJUELO y PAPELÚ se escuchan alejándose.]

Acto tres
Escena única

[La escena comienza igual que al principio de la obra. Hay dos columnas con 3 sillas en cada línea, de manera tal que el Barbero No. 1 queda frente al Barbero No. 6. Sólo hay dos barberos limpiando la estación de servicios. El Barbero 6 tiene un nuevo letrero que dice: "Hasta en la derrota doy un buen espectáculo". El Barbero 1 ha cambiado su letrero, ahora dice: "Hay mujeres a las que no se le llega al corazón ni con un cuchillo". El reproductor de disco compacto encima de la mesa del Barbero 1 reproduce una canción antigua.]

BARBERO 1. [Cantando a dúo con el aparato.]
"Si arrastré por este mundo
la vergüenza de haber sido
y el dolor de ya no ser.
Bajo el ala del sombrero
cuantas veces embozadas,
una lágrima asomada
yo no pude contener...
BARBERO 6. ¡Coño, ya empezó de nuevo!
BARBERO 1. [Tararea encima de la melodía y del cantante.]
BARBERO 6. ¡Viejo! ¿Tú no crees que es demasiado temprano para ese amargue? Esto es una barbería no una funeraria. [Acercándose.] Toma, ponte una salsita. [Le pasa un disco.] Y dale valor, que se oiga afuera, a ver si vienen los clientes.

[Barbero 1, pone el disco y enmudece.]
BARBERO 6. Ahora sí, eso es música de hombre.
[Canta a dúo con el aparato.]
"Aquí donde me ves
una vez tuve un amor
que era mi vida.
Así como me ves
yo la tuve que olvidar
con el alma hecha trizas.
Y ahora siento que
con el tiempo el corazón
cierra sus heridas.
Cuando un amor dice adiós
no que el mundo se acabó.
Uno se cura...
[El Barbero 1, apaga el aparato al ver que se acerca La Fragancia, acompañada de un joven ciego, al cual le sirve de lazarillo.]
LA FRAGANCIA. ¿Quiénes son los que van a comer hoy? [Mira alrededor buscando respuesta.] Tengo chivo ahogado en vino tinto, arroz blanco con habichuela roja. Pastelón de plátano maduro y chicharrón de pollo criollo. [Hace una pausa.] Comprado en la finca.
BARBERO 6. Doña, ¿tiene rabo?
LA FRAGANCIA. [Con enojo.] Sí, tengo rabo, pero no lo vendo. ¡Pidan!, que me voy.
EL CIEGO. [Interrumpiendo.] Doña, acuérdese del otro asunto.
LA FRAGANCIA. ¡Ah, sí! Muchachones, este es Paco; él es diabético y por falta de medicina, y también por descuido, se ha quedado ciego. Denle alguito, lo que sea. Hoy por él, mañana por ti. Dios mira con buenos ojos al dador alegre. Vamos, cooperen muchachos. [Guía al ciego por el frente de todos los barberos. Reciben la limosna y salen.]
BARBERO 1. [Al Barbero 6.] Coño, tú todos los días te pareces más a Pedro. Fuiste el único que no cooperaste con ese muchacho.
BARBERO 6. Será que cada día soy menos pendejo. Esos dos estaban la otra semana pidiendo con el mismo letrero en la barbería de Moreno, pero decían que era mudo. Disque se había caído de la

cuna cuando chiquito y no podía hablar. La misma vieja que vende la comida fue que lo llevó.

[Todos se ríen del Barbero 1.]

BARBERO 3. [Entrando con alegría.] Hi guys, I am here.

BARBERO 1. [Apaga el aparato de música.]

BARBERO 6. [Con sorpresa.] ¡Coño, Jay, qué alegría! ¡Bienvenido a casa!

BARBERO 3. Gracias, pana. Thanks Bro. Sí, ya salí del bote.

BARBERO 1. [Interrumpe, pero sin mucho ánimo.] Ya era hora. Hay muchos clientes que han preguntado por ti. Algunos se fueron para otra barbería, pero otros dijeron que te esperarían, que mejor compraban un sombrero y no se recortaban con otro.

BARBERO 3. Gracias, Bro. Lo necesito de verdad. Tengo que pagar un dinero que me prestaron para salir.

BARBERO 6. ¡Toma, pana, eso es tuyo! [Le pasa un bulto.] Ahí está tu máquina, los peines, la navaja, y un frasco de alcohol. La capa está en tu gaveta.

BARBERO 3. [Sonríe sin ganas.]

BARBERO 6. ¿Cómo estuvo la brega allá dentro?

BARBERO 3. Igual que siempre. Solo tuve un mal rato. [Se levanta la camiseta y muestra un vendaje ensangrentado.]

BARBERO 6. ¿Qué diablo fue eso?

BARBERO 3. Me pusieron en un pabellón controlado por los otros. Me negué a cantar. Me paré como un hombre y me cortaron.

BARBERO 6. ¿Y qué estás bebiendo para eso?

BARBERO 3. La rubia me compró Ampicilina 500 en la bodega. Pero me duele mucho porque el filo llegó muy hondo.

BARBERO 1. Lo importante es que estás vivo, estás fuera y que aún tienes trabajo.

BARBERO 3. You right.

BARBERO 6. [Echándole el brazo al Barbero 3.] Na, tigre, a tirar pa' lante. A meter mano.

BARBERRO 3. [Diciéndole al oído.] Tengo que contarte algo malo.

BARBERO 6. [Se aleja en dirección a la puerta y le indica con un gesto al Barbero 3 que se acerque.] ¿Qué pasó? ¿Cuál es el problema?

BARBERO 3. [Casi en secreto.] Adentro me dijeron por qué fue que me agarraron. [Bajando más el tono de voz.] Me chotearon. Alguien de aquí llamó a los perros, para que me cogieran.

BARBERO 6. [Incrédulo.] ¿Alguien de aquí? No, mano, no crea eso. Estos barberos no dan para eso.

BARBERO 3. Allá adentro se saben las cosas antes que afuera. Como si los que estuvieran presos fueran ustedes. Allá me dijeron que un hijo e' puta le tiene interés a la rubia, y me puso el trompo para él tener el camino fácil. Do you understand me?

BARBERO 6. ¿Pero te dijeron el nombre? ¡Dime! ¿Quién es ese cabrón?

BARBERO 3. Deja esa vaina así. No quiero volver para allá.

BARBERO 6. Dime quién es. Uno no puede vivir entre los gusanos. ¿Fue un barbero? ¿Uno de los policías? Mano, dime quién es el tipo ese.

BARBERO 3. Bro, ese cabrón es Pedro.

BARBERO 6. [Incrédulo.] No, mano. ¿Estás seguro de esa vaina? ¡No, no puede ser! Él será un maldito, está bien, pero él no llega ahí.

BARBERO 3. Brother, sí, fue él. Yo tampoco lo creía, pero la rubia dice que él la llamaba todos los días; y a mí, que soy su empleado, nunca fue a verme, ni me llamó. [Pensativo.] La raza que está en el pabellón no miente. Ellos me dijeron que no haga nada. Ellos se encargarán del asunto.

BARBERO 6. Coño, manito, me ha dolido esta noticia.

BARBERO 3. [Toma el Cel. y habla con alguien.] Dale, que ya estoy aquí. [Se pone a organizar su estación.]

BARBERO 6. [Cabizbajo se sienta en la silla.]

BARBERO 1. [Saliendo.] Voy a la bodega. Si no como algo rápido, el azúcar me va a matar. Si me llaman, digan que vengo en media hora.

BARBERO 6. Ta to.

DUEÑO. [Entrando.] Good Morning. [Al Barbero 6.] Hazme un cerquillo que tengo una cita. [Se sienta.]

BARBERO 6. [Con enojo.] Siéntese.

DUEÑO. [Al Barbero 3.] A ver si te portas bien ahora. La vida a veces no da más de un chance. Y este es el segundo tuyo. Dicen que la cárcel es para los hombres. Y los que presumen de hombre afuera, allá adentro tienen que probar que tienen cojones.

BARBERO 3. Yo no tengo que probar nada. You know, soy como soy. El que me hizo el trompo, un día me la paga. Cada golpe que me dieron se lo voy a cobrar al culpable. O se lo cobra la vida, o se lo cobro yo mismo. Salí más fuerte.

BARBERO 6. [Al Dueño.] ¿Igual que siempre?

DUEÑO. Sí, lo mismo.

BARBERO 6. ¿Y dónde es la cita? Si se puede saber.

DUEÑO. Una picada nueva, sangre fresca. Una muchachita de 20, pero parece de menos. Una lindura.

BARBERO 6. ¿Y... es dominicana?

DUEÑO. No, nació aquí, pero tiene cuerpo de negra; pocos senos, mucha nalga.

BARBERO 6. ¡Anja! A ti te gustan las negras.

DUEÑO. Sí, pero esta no es negra. Es rubia con cuerpo de negra.

BARBERO 3. [Con cara de enojo.] Bro, voy a Motor Vehicle a registrar el carro.

BARBERO 6. [Con desánimo.] Ta to, dale.

DUEÑO. Ese muchacho no va a parar en nada bueno. Acaba de salir y ya va para la calle.

BARBERO 6. [Poniéndole crema de afeitar.] Él es un buen tipo, lo que pasa es que le han hecho una mala jugada.

DUEÑO. Vago es lo que es. Aquí no hay un muchacho que sirva. Si por mí fuera, tuviera preso todavía.

BARBERO 6. [Con rencor contenido.] Hay muchas gentes peores que él. Gentes que usted la ve muy bien vestida y son sepulcros. Lleno de gusanos por dentro, con el alma podrida, pero como dijo Jay, "la vida cobra o cobran los hombres".

DUEÑO. La vida te da lo que tú le arrancas. Todo lo que yo tengo ha sido porque se lo he quitado a la vida de las manos. Arrancándoselo. Porque los que tienen miedo mueren peor que como vinieron.

BARBERO 6. [Poniendo una nueva navaja.] Hay gente que tiene miedo, un miedo grande, un sentimiento de impotencia que no lo deja correr. Pero a veces se harta de la vida y todo le da igual. Saca la cuenta de su vida y llega a la conclusión de que afuera o adentro, arriba o abajo, muerto o vivo, libre o preso, es la misma maldita vaina.

DUEÑO. No, no es lo mismo. No es lo mismo tú preso y otro afuera gozando la vida.

BARBERO 6. [Con inquina.] Bueno, en eso tiene razón. No es lo mismo uno preso, cogiendo leña y otro afuera haciendo trampas, enamorándote la mujer, queriendo quitarte lo poco que tienes, sólo porque su jodida ambición no deja que se llene con nada.

DUEÑO. No te entiendo, ¿Cómo así?

BARBERO 6. Usted sabe, no se haga el pendejo. Ahora estamos solos. Somos dos hombres. Usted y yo sabemos que lo de Jay no fue casual, que hay un maldito calíe, un soplón que lo metió al medio porque le gusta su mujer.

DUEÑO. ¿Y por qué tú dice que yo sé? ¿Qué tengo yo que ver con eso?

BARBERO 6. [Colérico.] Usted sabe muy bien. La rubia de Jay parece que era demasiado para un muchacho pobre y sin papeles. Alguien la quería.

DUEÑO. [Resuelto.] ¡Sí, coño! ¡Es verdad! Pero yo no soy el único culpable, ella me coqueteaba.

BARBERO 6. Habiendo tantas mujeres, usted tenía que hacer esa vaina.

DUEÑO. [Resuelto.] ¡Él y tú se pueden ir pa'l carajo! ¡No los necesito! ¡Este negocio es mío!

BARBERO 6. [Aturdido. No entiende lo que ha oído.] ¡Usted también se va al carajo! [Le da un navajazo en el cuello.] Parece que tu cita era con otra rubia. ¡Maldito!

[El Dueño se agarra el gaznate. Abre desmesuradamente los ojos. Intenta caminar, da dos pasos y cae boca abajo.]

BARBERO 6. [Hablándole al Dueño que yace boca abajo.] Usted quizás no lo sepa, pero hay navajazos más grandes que el que le dieron a Jay mientras estuvo en la cárcel. Navajazos más grandes que el que yo le acabo de dar por traidor.

[Deja de mirar el cadáver y habla para sí mismo frente al espejo.]

Hay tajos enormes que hacen que el dolor abra la carne para que pueda salir un grito que se ha metido en los huesos y que no encuentra cómo salir del cuerpo. Hace tiempo que este local ya no es una barbería. Las barberías son refugios para los sobrevivientes de una vida azarosa. Las barberías son las iglesias de los desamparados para confesar sus culpas, para que la gente comparta el sufrimiento, y las pocas alegrías que han tenido.

[De nuevo mira al cadáver.]

Pero para usted la barbería era otra cosa: el hogar de los adictos, el baño gratis para las prostitutas, el mercado secreto para comprar o vender parte del alma, para seguir muriendo calle abajo. Para usted, esto nunca fue lo que fue para mí: una casa, una familia, un trabajo, un destino. Usted se encargó de que cada uno se convirtiera en una fiera más en este infierno.

[Nerviosamente saca el teléfono móvil, marca un número y habla pausadamente.]

Please, I can talk to someone who speak Spanish? [Espera algo nervioso.] Hermano, le habla Bimbolo de la barbería VILLA CONSUELO BARBER SHOP... sí... [Hace una pausa.] Aquí mismo, en Lawrence... En el dos dieciocho de la Broa... [Hace una pausa.] Por favor, manda una patrulla, que mataron al dueño... [Hace una pausa.] Sí, los dos están aquí... [Hace una pausa más larga.] Sí mano, el muerto y el que lo mató...OK...

[Se aproxima al reproductor de disco, busca entre los discos del Barbero 1, y pone uno al azar. Se sienta en la silla del Barbero 1 y tararea encima de la voz del disco.]

Por la tarde no hay nada,
salgo a buscar mis panas,
nos paramos en la esquina,
no hay nada por la avenida.
Vamos a dar una vuelta.
Un serrucho para la botella.
Nos sentamos en la escalera
y cantamos canciones viejas.
(Tiempo pa' matar) Ay mama abuela.
(Tiempo pa' matar) Ave María morena.
(Tiempo pa' matar) Mataron al negro bembón y sólo por un maní.
(Tiempo pa' matar) A dolores la pachanguera.
(Tiempo pa' matar) El charlatán le dió una pela.

(Tiempo pa' matar) No encuentro la llave de la casa de Marcela.
Fernando es, Juan está muerto.
Manuel trabaja, Kimbo está preso.
Nos fumamos la marihuana.
Toby sí que no está en nada…
[Se oye el sonido de una sirena de policía que se acerca. El Barbero 6 se quita la bata de trabajo y se prepara para recibir los agentes.]

Telón final

VOLVER A GEORGIA
[Tragedia en un acto y tres escenas]

Personajes

LENA BAKER. Afroamericana de 45 años. Trabajadora en la casa de Ernest Knight.

PRISIONERO FREDERICK JACKSON. Afroamericano. Viste impecablemente.

ABOGADO JIM CROWEL. Hombre blanco. Abogado de oficio. Lleva libreta de apuntes.

REVERNDO JEREMY SMITH. Afroamericano. Viste de color oscuro muy sobrio.

PRISIONERA RUTH FISHER. Afroamericana. Habla con fluidez. Es rebelde.

OFICIAL HENRY DICKINSON. Joven blanco. Viste de uniforme policial y da la sensación de que está en el trabajo equivocado.

«La literatura existe porque el mundo no basta»

Fernando Pessoa

Volver a Georgia
Acto único
Escena uno

[La escena comienza en la Prisión Estatal de Reidsville. La luz del perseguidor cae sobre dos celdas contiguas. Una celda está iluminada y vacía y en la pared alguien hizo un grafiti que dice «Life is a fake». La otra celda está parcialmente iluminada y, dentro, un prisionero toca una melodía triste en una harmónica. Se oyen pasos que se hacercan y el ruido de unas cadenas que rozan el piso de cemento. Es la mañana del 23 de febrero de 1945.]

OFICIAL. [Mientras escolta una mujer hasta la celda.] No hay prisa señora Lena, tome su tiempo y vaya despacio. Yo sé muy bien que es terriblemente incómodo caminar en ese estado. Créame que también agradezco mucho la cooperación que usted ha dado este día. En los diez años que tengo trabajando para el sheriff, usted ha sido la primera mujer que me ha tocado escoltar desde el tribunal hasta acá. Realmente imaginé que iba a ser un momento desagradable, pero su tranquilidad ha hecho que las cosas sean más fáciles de llevar.
LENA. [Solloza, pero sin hablar.]
OFICIAL. [Introduce a Lena a la celda y cierra la puerta.] Este lugar es difícil para todos. Entienda que no hay mucho que yo pueda hacer por usted, pero igual me puede llamar si me necesita. Mi turno termina mañana a las seis. Luego vendrá un guardia más joven. Se llama Peter. A veces se torna medio gruñón, pero en el fondo es un buen muchacho. Para él también resulta complicado enfrentarse con ciertas situaciones.

LENA. [Solloza y asiente con un gesto de la cabeza.]

OFICIAL. Ok. Señora Lena, Por favor acerque las manos y los pies a los barrotes para poder quitarle las cadenas.
LENA. [Mientras se aproxima a los barrotes.] Gracias, oficial Henry. Usted ha sido muy amable. Quisiera que por favor me dejaran

ver a mis hijos. Y también de ser posible, que me permitan leer un libro mientras estoy en este lugar.

OFICIAL. [Mientras le quita las cadenas de los pies.] Ninguna de las dos cosas que usted pide están a mi alcance, señora Lena. Pero voy a tratar de ayudarla. Esperaré el momento preciso cuando no esté presente el comandante. Quizás en un par de horas, cuando él salga a tomar café o comprar cigarrillos, pueda haber una oportunidad, solo entonces veré si puedo traerle el libro. [Con cierto pesar.] Pero lo otro es imposible. No puedo hacer nada para que le permitan visitas. El reverendo Smith de la Iglesia Bautista pidió que lo dejaran verla por algunos minutos y creo que será la única persona que la podrá visitar, señora Lena.

[Se despide con un gesto de la mano y se marcha.]

LENA. Gracias, oficial Henry. Dios te bendiga.

[Empieza a dar vueltas en la celda como conociendo el lugar. Los sollozos son más audibles que al principio.]

PRISIONERO. [Dejando de tocar la harmónica y sin rostro visible.] Deja de llorar y guarda esas lágrimas para el último día. Aquí nadie se compadecerá de ti. Ni siquiera Henry con toda esa amabilidad fingida y su cara de estúpido. Olvídate del mundo que existe allá afuera. A partir de ahora estarás sola. Sola, como lo estoy yo, igual a como estuvo George Stinney colgando del árbol a mitad del bosque, como están todos los otros. [Suavizando su expresión.] Perdón, olvidé por un momento que eres una mujer. Creo que el tiempo que he estado acá dentro me ha hecho olvidar los modales que me enseñaron en casa. [Vuelve a tocar la harmónica por unos segundos y se detiene.] ¿De dónde eres?

LENA. [Gime muy quedo mientras se compone el pelo y no responde.]

PRISIONERO. [Desde la oscuridad.] Si no quieres hablar esta noche está bien. Lo entiendo perfectamente. Yo tampoco quería hacerlo al principio cuando me trajeron. Pero llega un momento en que te hartas de mirar estas sucias paredes y empiezan a lastimarte los recuerdos. Te molesta pensar en el pasado y no tienes ganas de que llegue el futuro. [Hace una pausa breve.] Entonces quieres tener de nuevo las cosas simples a las que antes no le dabas importancia. Querrás probar el sabor de la lluvia que cae del pelo a la boca. Ver los colores de la mañana y escuchar la voz de alguien. Ni siquiera se trata de la voz de la persona amada. Tan solo ese sonido dulce de que alguien mencione tu nombre con algo de respeto. [Hace una pausa breve.] Esta noche, mañana o dentro de una semana, te va a llegar ese momento. Es entonces cuando vas a necesitar oír algo, aunque sea mi voz grotesca o pedirás una harmónica para saber que no todo lo que hay aquí dentro está muerto.

LENA. Vengo de Cuthbert. Soy oriunda de otro pueblito del sur, Pero llegué a Cuthbert siendo una niña, junto a toda mi familia. Allí crecí, allí tengo mis hijos, allí he vivido toda mi vida. [Hace una pausa breve.] ¿Y tú de dónde eres?

PRISIONERO. [Sin mostrar el rostro.] Soy de Texas. [Hace una pausa como rememorando.] Vengo de un pueblo pequeño pero hermoso llamado Wiley [Con dolor.]

Pero hace mucho tiempo que no regreso a ese lugar. Salí de allí huyendo hace algunos años y ahora que me atraparon sé que nunca regresaré.

LENA. ¿Por qué saliste huyendo de Wiley? Si puedo saberlo.

PRISIONERO. [Desde la penumbra.] Porque cometí una estupidez de muchacho. [Ríe un poco al recordar.] Sí, en verdad fui un gran estúpido. Mi primo Eddie me convenció de que consiguiéramos dinero fácil. Juntos planeamos un asalto a una gasolinera, pero éramos novatos y nos encerraron en el primer intento. El revólver era de juguete, pero el juez dijo que la intención era real. Sin el juguete hubiese sido un delito simple, pero nos juzgaron por asalto a mano armada con agravantes. [Hace una pausa.] Eso fue el principio del fin. Eddy a los pocos días se acostumbró al ambiente y hasta disfrutaba la comida de la cárcel. Pero yo no nací para estar encerrado. Una noche ataqué a un guardia y logré escapar de la prisión. Dos años después pensé que las cosas se habían calmado y entré a un bar a tomarme una cerveza. El cantinero era un policía retirado y me reconoció. Llegaron los uniformados, me atraparon y hace unas semanas un juez me cobró las que hice en el pasado y las que pensaba hacer en lo adelante.

LENA. Quizás si le pides perdón, puedas regresar de nuevo a Wiley. En la vida a veces hay que humillarse un poco por una buena causa. Ruega por un poco de piedad. Dile que estás arrepentido. A lo mejor el juez se compadezca y puedas regresar a Texas.

PRISIONERO. [Ríe con estruendo, luego se calma y vuelve a la tristeza.] Tú no sabes lo que estás diciendo. Nadie va a creer en mi arrepentimiento. Ningún juez va a perdonar el delito de un negro pobre. Si te tocó nacer con esas condiciones, debes caminar recto desde el nacimiento hasta la muerte, porque no te van a permitir una caída. [Con enojo.] Si caes durante la juventud, te dirán con burla: «No merecen vivir aquí, no pertenecen a este lugar, ellos nacen con la semilla del mal en la sangre». Si flaqueas cuando ya eres un anciano, te sentencian con la misma dureza: «Solo fue cuestión de tiempo, al final del día todos son iguales». [Más calmado.] No había escapatoria posible, iba a ocurrir en cualquier hora de mi vida. [Hace una pausa breve.] ¿Quieres un cigarro?

LENA. No, gracias, nunca he fumado.

PRISIONERO. Bien por ti, es mejor morir de otra cosa. [Retoma por unos segundos la canción interrumpida en la harmónica y se detiene como recordando algo.] ¿Por qué estás aquí?... ¿Estabas prostituyéndote en la calle?

LENA. [Con parquedad.] No, no soy prostituta. Trabajo como sirviente en la casa de Míster Knight. El señor Ernest Knight.

PRISIONERO. [Con sarcasmo.] Si le robaste al patrón, entonces somos colegas.

LENA. No. Nunca he robado nada. Ni siquiera para comer cuando he sufrido hambre, he tomado lo ajeno.

PRISIONERO. Vamos, negra, suelta la lengua. ¿Qué fue lo que hiciste? Porque aquí dentro nadie es inocente.

LENA. [Vuelve a llorar como al principio.]

PRISIONERO. Te dije que reservaras esas lágrimas para el último día o al menos para cuando te vea el juez. Eres mujer y quizás con una buena actuación te muestren algo de lástima. Pero aquí estamos solos. No tienes razón para fingir. A mí no tienes que convencerme de nada.

LENA. Lo que hice es mucho peor que robarle al patrón de la casa. [Hace una pausa.]

Es más terrible que vender el cuerpo a cambio de unos cuantos dólares. [Hace una pausa.]

Mucho más grave que el asalto a mano armada que hiciste junto a tu primo.

PRISIONERO. ¡Diablos! Con razón te trajeron con tantas cadenas. Por lo que veo eres callada, pero peligrosa.

LENA. Estoy acusada de haber participado en una pelea hace dos días. [Llora sin mucho ruido.]

PRISIONERO. Por lo menos... no eres una ladrona como yo... A ti te van a condenar por algo grande.

LENA. No, nadie deber ser herido, ninguno debe morir, ni siquiera él, que a veces se lo tenía bien merecido. Por terrible que fueran las cosas yo debí mantener la calma. Nosotros estamos condenados a enfrentar la muerte, pero el privilegio de matar solo es de Dios.

PRISIONERO. El Dios que pone la otra mejilla es el de nosotros; para ellos el Dios válido es el que devuelve golpe con golpe, ojo por ojo. En su libro no está la orden de perdonar setenta veces siete. A propósito. ¿Cómo te llamas?

LENA. Me llamo Lena. Me llamo Lena Baker. Y tú, ¿quién eres?

PRISIONERO. Me llamo Frederick Jackson.

LENA. Hasta mañana, Frederick. Me duele la cabeza y todavía tengo tanto en qué pensar.

PRISIONERO. Hasta mañana, Lena, gracias por el consejo que me das de que pida perdón. Yo estoy seguro que no volveré a Wiley. [Hace una pausa breve.] Y por lo que has dicho, creo que tú tampoco vas a regresar a Cuthbert.

LENA. [Vuelve a sollozar.]

PRISIONERO. [Aun sin mostrar el rostro vuelve a tocar la harmónica. La luz se va apagando lentamente.]

Escena dos

[La escena da inicio en el mismo lugar a la mañana del día siguiente. Lena Baker está leyendo un libro y Frederick Jackson está tratando de ponerse el corbatín que completará su atuendo. Se escuchan murmullos de una conversación y pasos que se acercan. Lena deja el libro para acercarse a los barrotes y Frederick termina de vestirse de espalda a la puerta de la celda. Se escucha lejanamente el tema «Lover Man» en la versión de Charlie Parker y Miles Davis.]

OFICIAL. [Entrando y señalando hacia la celda.] Es él. Ese es su cliente de hoy.

ABOGADO. [Se acerca a la celda y observa por unos segundos en silencio.] ¿Es usted Frederick Jackson?

PRISIONERO. [Sin mirar al abogado.] Sí, yo soy. ¿Quién me busca?

ABOGADO. Soy su abogado. Vengo a asistirle para que se presente ante el jurado.

PRISIONERO. [Gira sobre sí mismo para enfrentarlo.] No he pedido ningún abogado, puede volver a su escritorio.

OFICIAL. Licenciado, la visita termina en diez minutos. [Sale.]

ABOGADO. La ley le asigna un abogado de oficio a los reclusos que no tienen dinero para pagar uno por su cuenta.

PRISIONERO. Ni tengo dinero ni necesito que uno de ustedes le diga al jurado lo que yo pienso decir. Váyase de aquí. Las leyes de sus libros no son para gentes como nosotros.

LENA. [Interrumpiendo.] Frederick, recuerda lo que hablamos. Bajar un poco la frente no es perder la dignidad. Deja que alguien por los menos intente ayudarte.

PRISIONERO. Todavía no has entendido el asunto. Mira su cara, observa su ropa, mírale las manos. ¿Crees que viene a ayudarme?

ABOGADO. Señor Jackson, quiéralo o no, usted debe estar representado por un asistente legal para que el jurado pueda verlo, de no ser así, solo conseguirá que se retrase el proceso. Usted tiene derecho a que alguien que conozca el funcionamiento de la justicia hable en su nombre. Es la única garantía de que el jurado actuará de manera imparcial, aunque usted haya violado la ley.

LENA. Escúchalo, Frederick. Déjate ayudar. ¿Vas a actuar otra vez como un tonto? Esta vez no podrás echarle la culpa a tu primo.

ABOGADO. Usted tiene más sentido común que este negro tarado.

LENA. ¿Acaso tú no quieres regresar a Texas?

PRISIONERO. [Se quita el sombrero y lo arroja a la pared.] Volver a Wiley, claro que quiero volver a Wiley. Salir de aquí... vagar en los trenes... hacer el amor... beberme unas cervezas y hasta quizás tener familia. Pero no puedo pagar ese precio.

ABOGADO. Le reitero, señor Jackson, que mi asistencia legal es gratuita. Usted no puede pagarme, pero a mí me pagan los impuestos.

PRISIONERO. ¿Sabe usted de qué me acusan?

ABOGADO. No, todavía no, Señor Jackson. La corte me acaba de informar que alguien necesita un asistente.

PRISIONERO. ¿Cuánto tiempo tiene usted en este oficio?

ABOGADO. Me acabo de recibir como licenciado, señor Jackson. A decir verdad, usted es mi primer cliente.

PRISIONERO. Ya entiendo, una defensa de segunda clase, para un hombre de tercera. Para poder decirle a la gente que mi juicio fue imparcial y que tuve todas las garantías.

ABOGADO. No me subestime, conozco bien las leyes federales.

PRISIONERO. ¿Y si le dijera que estoy aquí porque he matado a un hombre?

LENA. Frederick, dile la verdad, deja que te ayude.

ABOGADO. Dígame la verdad, señor Frederick, que, si se necesita inventar una mentira, déjeme a mí esa parte, el jurado va a preferir creer en mí.

PRISIONERO. Estoy aquí porque hice un asalto.

ABOGADO. ¿Cuánto dinero había en la caja?

PRISIONERO. No sé, me detuvieron antes de que pudiera contarlo.

ABOGADO. ¿Tenías un cómplice o algún familiar trabajando en el establecimiento?

PRISIONERO. No, solo éramos dos: mi primo Eddie y yo; él todavía está en prisión.

LENA. Dile que en verdad tú no ibas armado.

PRISIONERO. [A Lena.] Sí, tienes razón. Yo llevaba un revólver, pero era de juguete.

ABOGADO. [Saca una libreta y toma notas.] ¿Golpeaste al dueño del negocio?

PRISIONERO. No, no usé violencia. Solo le apunté a la cara y él se puso muy nervioso.

ABOGADO. ¿Te resististe al arresto?

PRISIONERO. No, no puse oposición, pero ellos empezaron a golpearme cuando ya estaba amarrado.

OFICIAL. [Entrando.] Solo le quedan tres minutos.

[Sale.]

ABOGADO. ¿El asalto fue en medio de la oscuridad o a pleno día?

PRISIONERO. No llegué a realizar el asalto. Le repito me detuvieron antes. El revólver era solo un juguete de esos que regalan a los niños en navidad.

ABOGADO. ¿A qué hora fue el intento de cometer el hecho?

PRISIONERO. Fue como a eso de las dos de la tarde. La tienda siempre está desolada los domingos. Eddie y yo no queríamos lastimar a nadie.

ABOGADO. ¿Cuál de los dos llevaba el arma?

PRISIONERO. Eddie llevaba la bolsa donde echaríamos el dinero. Yo tenía el revólver de juguete.

ABOGADO. Dígame, señor Frederick, ¿el dueño del negocio es un hombre de color?

LENA. ¿Por qué hace esa pregunta, acaso eso importa?

ABOGADO. Sí, señora, es importante.

LENA. ¿Lo dice la ley o solo es importante para usted?

PRISIONERO. No, el viejo Alfred no es un hombre de color.

ABOGADO. Es de suma importancia, pero no para mí. Ni siquiera para la ley. Pero deben saber que el jurado que lo va a enjuiciar está compuesto solo de hombres blancos.

PRISIONERO. [Con enojo.] ¡Váyase!, se lo dije al principio y vuelvo a repetirlo. No lo necesito.

ABOGADO. Aún no he terminado. Todavía me queda una docena de preguntas por hacerle.

PRISIONERO. Pero yo sí terminé. Lárguese de aquí. Márchese con sus leyes a otra parte. Vaya a donde no tenga necesidad de preguntar por los colores.

ABOGADO. De acuerdo, como usted decida. Pero le reitero, sin un abogado, ya sea pagado por usted o uno que le defienda de oficio, no podrá pararse ante el jurado.

PRISIONERO. Entonces, váyase de todas maneras y le dice a quien lo envió que yo quiero que me represente un abogado de color.

ABOGADO. Volvemos al mismo punto, señor Jackson. Estamos como en el principio. Si no soy yo, enviarán a otro.

PRISIONERO. A quien venga le diré lo mismo.

ABOGADO. Quizás el que venga después de mí no esté interesado en defender cadáveres.

PRISIONERO. [Con soberbia.] Aun no estoy muerto.

ABOGADO. [Con sarcasmo.] Como si lo estuviera, señor Frederick. Como si lo estuviera. Para muchos fuera de aquí, ya usted no existe. ¿Me escuchó bien? Usted murió el mismo día del asalto. Además, por si no lo sabía, en este estado todavía no hay negros abogados. [Se retira.]

PRISIONERO. [Se acomoda el corbatín, se pone el sombrero y comienza a tocar la harmónica.]

Escena tres

[La escena da inicio un día después en el mismo lugar. El oficial va señalando la dirección a seguir hasta la celda de Lena Baker. Lo sigue el reverendo Smith como a dos pasos. Lena está leyendo el libro y Frederick Jackson se acicala despacio, limpia la harmónica y la guarda en el estuche en que vino.]

OFICIAL. [Mientras ofrece una banqueta al Reverendo.] El Sheriff le ha dado solo diez minutos, Reverendo. Pero fingiré que no me di cuenta de que ha pasado el tiempo y vendré en veinte minutos. [Sale.]

REVERENDO. Gracias, oficial Henry. Dios bendiga su generosidad de alma.

LENA. [Intenta abrazarlo a través de los barrotes.] ¡Qué alegría que haya podido venir! ¿Por qué no me trajo al menos a uno de mis hijos?

REVERENDO. Hija mía, las cosas están muy difíciles. El Sheriff se opuso. Se opone a todo lo que tenga que ver contigo. Dijo que este no es lugar para niños, aunque sean hijos de los presidiarios. [Con dolor.] Además, el Juez William es de opinión de que lo que tú hiciste nada puede justificarlo... Alguien escribió un artículo en el periódico pidiendo clemencia para tu vida, pero la mayoría de la gente cree que tú eres culpable... El Sheriff da por sentado que te condenarán a pena de muerte.

LENA. Eso no será nuevo para mí. Ya lo he vivido antes. Cada noche el señor Knight me condenaba una y otra vez a la misma muerte despiadada. Rogué miles de veces que Dios me arrebatara de aquel infierno, pero cada mañana volvía a revivir para morir de nuevo. Usted quizás no lo sabe, pero el miedo es morir a cada instante. [Medita en silencio.] Reverendo, quizás usted pueda hablar con mi hijo mayor. El pobrecito está lleno de preguntas y no supe qué contestar cuando me interrogaba hace unos meses.

REVERENDO. ¿Qué clases de preguntas hacía tu hijo, Lena?

LENA. Preguntas sobre la gente, sobre Dios, acerca de las cosas que le causan temor.

REVERENDO. A su edad a los niños no les preocupa el mañana, ni el ayer, ni siquiera el hoy. Para ellos solamente es importante el ahora. ¿Qué preguntó exactamente tu hijo? Quiero estar preparado para saber qué contestarle.

LENA. [Rememora.] Hace unos meses, me preguntó por qué a las personas buenas le pasan tantas cosas malas. No supe qué responderle, me quedé aturdida. Luego me interrogó diciendo: '¿Mami, el Dios de nosotros sabe que tú lloras mucho?' [Se enjuga el llanto.]

REVERENDO. No te sientas mal, hija. Esa pregunta es muy difícil para ti y en realidad es muy difícil para todos.

LENA. Yo no le pude contestar a él, pero le pregunto lo mismo a usted, reverendo. ¿Dónde estaba nuestro Dios cuando el señor Knight me violó la primera vez?

PRISIONERO. [Interrumpiendo.] A lo mejor estaba protegiendo al dueño de la gasolinera.

REVERENDO. Tú no tenías respuesta aquella vez para tu hijo. Yo tampoco tenga una respuesta idónea para lo que me preguntas. Pero, de todas maneras, debes pedir con amor y confiar sin soberbia.

PRISIONERO. ¿Y yo, qué debo hacer? Yo no soy un niño como el hijo de Lena. ¿O acaso la receta es la misma? Tal parece que tiene la misma respuesta para todas las preguntas.

REVERENDO. No conozco tu caso, hermano. Pero he enviado una carta a nombre de toda la congregación, pidiendo bondad para con ustedes. Implorando que sean magnánimos con los que han quebrantado la ley de los hombres. Porque el Creador perdona las diarias violaciones a las leyes que él ha dado.

LENA. Es difícil aceptar que Dios perdonará al señor Knight.

REVERENDO. Él también tuvo la oportunidad de salvarse, si pidió con amor y confió sin soberbia.

PRISIONERO. [Con sarcasmo.] Te lo dije, Lena, tu reverendo tiene la misma respuesta para todas las preguntas.

LENA. A dios nunca podré recriminarle nada. [Con enojo.] Pero a usted, sí, reverendo. ¿Dónde estaba usted cuando el señor Knight me obligaba a beber su alcohol artesanal hasta dejarme inconsciente?

REVERENDO. ¡Hija mía!

LENA. [Con ira.] ¿En dónde andaba, querido reverendo, cuando Ernest Knight amenazaba con matar a mis hijos si abandonaba la casa para pedir ayuda?

REVERENDO. [Perplejo.] La verdad... hija... que yo...

LENA. ¿Acaso estaba cenando con sus hijos, paseando con su esposa o pescando en el lago con sus hermanos, mientras Ernest Knight me embriagaba y me encadenaba a la pared para violarme cada noche?

REVERENDO. Compréndeme, Lena, no sabía lo que estaba ocurriendo.

LENA. [Con dolor.]

¿Dónde estaba Dios y dónde estaba usted, reverendo, cuando tuve que elegir entre su vida y la mía y tuve que matarlo?

PRISIONERO. Reverendo Smith, le sugiero que medite bien y al menos por esta vez, cambie el sermón.

[Todos hacen silencio al escuchar unos pasos que se acercan.]

OFICIAL. [Dirigiéndose al prisionero.] Frederick Jackson, aproxímate a los barrotes para ponerte las cadenas. El jurado ya tiene lista la sentencia.

[El Reverendo y Lena conversan en silencio.]

OFICIAL. [Abriendo la puerta de la celda.] Llegó la hora, muchacho.

PRISIONERO. [A Lena.] Lena, Espero que tú puedas regresar a casa.

[Le entrega la harmónica.]

OFICIAL. [Al Reverendo, mientras empuja suavemente al prisionero.] Solo le quedan cinco minutos, Reverendo Smith.

REVERENDO. No, no los necesito. Está bien así. Ya tuve bastante. Saldré con usted.

[Sale junto al Oficial y al Prisionero.]

LENA. [En alta voz para que pueda escucharla.] Gracias por haber venido, Dios le bendiga, Reverendo.

[Se sienta a leer el libro por unos minutos, pero lo interrumpe e intenta soplar en la harmónica.]

OFICIAL. [Entra y se dirige a Lena, con cierta alegría.] Señora Lena, le ha llegado una compañera. Espero que puedan ser amigas. [La introduce en la celda, le quita en silencio las cadenas, mientras Lena observa.] Vendré en un rato antes de que cambie mi turno.

[Sale.]

[La luz del perseguidor cae sobre la celda de Lena, la celda de la nueva prisionera está a oscuras.]

LENA. ¿Cómo te llamas, hermana?

PRISIONERA. Me llamo Ruth Fisher. ¿Y tú, cómo te llamas?

LENA. Me llamo Lena Baker. Soy de Georgia.

PRISIONERA. Yo vengo de Cleveland [Hace una pausa breve y da vueltas en la celda.]

¿Hace mucho que estás aquí?

LENA. No, Ruth, solo tengo dos días. Pero no estaré mucho tiempo. ¿Y a ti por qué te han traído a este lugar?

PRISIONERA. Mi marido tuvo una pelea en un bar y huyó no se sabe a dónde. Me apresaron para presionarlo a ver si se entrega. Creen que estoy escondiéndolo, pero tampoco sé a dónde se ha ido. ¿Y tú, qué hiciste para estar aquí?

LENA. Es una larga historia. [Hace un poco de memoria.] Cuando era niña un monstruo me vigilaba y me perseguía. Si recogía algodón junto a mi padre, allí estaban sus ojos aguardándome. Si iba al río con mis amigas, él estaba escondido en los arbustos. Cuando cantaba en el coro de la iglesia los domingos, al salir, ahí estaba como una sombra mala. Un día me harté de correr y decidí pararme a enfrentarlo…

OFICIAL. [Entrando.] Ok. Señora Lena, acérquese a las barras, lo suficiente para poder ponerle las cadenas. El jurado quiere verla en cinco minutos. [En voz baja.] A su amigo Frederick no le fue tan mal. Le conmutaron el tiempo que estuvo recluido y solo lo condenaron a diez años. Pudo ser peor. El abogado hizo lo que pudo. [Mientras el oficial le pone las cadenas, Ruth mira con asombro la mansedumbre de Lena.] Señora Lena, igual que como cuando la traje hace dos días. Camine despacio, un paso a la vez, creo que el jurado puede esperar un poco. Déjeme ayudarla con sus cosas.

LENA. Diez años es mucho tiempo. Pero él es un hombre joven, el dolor es menos fuerte cuando se tiene la esperanza de volver. [Se detiene a mitad del pasillo.] Por favor, oficial Henry, deme un minuto y permítame despedirme de Ruth. [Se acerca despacio hasta la celda contigua.] Hermana, te regalo mi libro. Leer mientras esperas quizás pueda ayudarte. Trata de mantener la calma. [Hace una pausa breve.] Cuando tengas ansiedad o te moleste el silencio, cierra los ojos, pide con amor y confía sin soberbia. [Hace una pausa breve y le extiende el estuche.] Si, por casualidad, alguna vez vas de visita a mi pueblo, pregunta por James, el hijo de Lena Baker. Es mi muchacho. Le das un beso y le entregas esta harmónica.

PRISIONERA. [Con algo de entusiasmo.] No hables así, Lena. Quizás el juez tenga en el corazón un lado humano.

LENA. No, hermana. Para ti la vida continúa, pero para mí, tan solo es una noche que se alarga. He vivido entre sombras, acosada por el hambre o por el frío, atesorando pedacitos de alegría, para poderme enfrentar a mi destino. [Se le acerca y la mira a los ojos.] Lo que hice, lo hice en defensa propia, o me habría matado. No tuve otra elección. He vivido una vida simple, conocí el amor y tuve una familia, tengo una conciencia fuerte y Dios me ha perdonado. Estoy lista para irme. [Resuelta.] Aun tú eres muy joven, no dejes de aferrarte a la esperanza, que a mí se me hizo tarde para cumplir los sueños.

PRISIONERA. [Con falso entusiasmo.] Levanta la frente, estoy segura de que salimos bien de esta, hermana. En unos días yo también estaré libre. Iremos juntas a visitar a James.

LENA. No, hermana, ve tú, yo no voy a regresar a Cuthbert.

[El oficial conduce suavemente a Lena a través del pasillo. Ruth mira en silencio desde la celda. La luz del perseguidor sigue los pies encadenados de Lena y se va apagando lentamente.]

VOZ LEJANA. It is ordered by this court that the accused, Lena Baker, shall be executed by electric chair according to the laws of the state of Georgia. Atlanta, GA, August 31, 2005.

[Se oye el bullicio de la audiencia y la percusión de tres golpes de mallete. El flujo de la energía eléctrica se vuelve irregular, las luces de la sala parpadean hasta terminar completamente a oscuras.]

Voz en off

Atlanta, Georgia, August 31 ,2005.

The Georgia Parole Board has unanimously decided to vacate the 1945 sentence, "it was a grave miscarriage of Justice" and she could have instead been found guilty of involuntary homicide, which would have eliminated the possibility of a death sentence.

Se escucha la canción «My Soul is a Witness» en la versión de Alvin Youngblood Hart & Sharon Jones.

Termina la escena tres y la pieza.

LA HUIDA
Pieza en un acto y dos escenas.

PERSONAJES:

MUJER. Interna en la Cárcel Modelo Najayo-Mujeres. Luce demacrada.

CELADOR. No presenta el rostro y da órdenes con voz estentórea.

JOAQUIN. Es impulsivo y violento.

La huida

[La escena está en penumbra y se escuchan los acordes de una bachata instrumental. Cuando la música termina, la escena se ilumina poco a poco y la obra da inicio en una celda del Centro de Corrección y Rehabilitación Najayo Mujeres. La interna está sentada junto a un camastro. Una pequeña mesa trae la foto de niños junto a un hombre joven. Un espejo y la imagen de una deidad son los únicos adornos de las paredes.]

VOZ DEL CELADOR. ¡Margarita Mendoza!
MUJER. [En silencio. Sentada en el camastro se acicala el pelo].
VOZ DEL CELADOR. [Sube la voz y hace sonar el cerrojo de los barrotes.] ¡Margarita Mendoza! Acércate.
MUJER. [Sigue sin inmutarse.]
VOZ DEL CELADOR. [Con enojo.] ¡24/7!
MUJER. Ya voy, guardia. Cuál es la prisa.
[La luz del perseguidor cae sobre las manos del guardia que pasa un plato por debajo de los barrotes.]
VOZ DEL CELADOR. Esto no es un hotel. La próxima vez que no contestes, te quedas sin comida. Qué te has creído, que eres la única presa que vive en este sitio. Para que sepas, todos aquí estamos presos. Algunos de los hierros para adentro y otros entre los muros y los alambres. Deja tus ñoñerías, porque fuera o adentro, todos en Najayo enfrentamos una desgracia.
MUJER. [Toma el plato y regresa al camastro.] Qué extraño se escucha mi nombre en boca de los otros. Hasta yo lo había olvidado. Después de todo, hace ya tanto tiempo que estoy aquí, que ya eso tampoco es importante. [Hala la franela y observa el comienzo del hombro izquierdo.] El nombre debe servir para identificar a alguien. No es lo mismo llamarse Emilia que Mercedes, los nombres anuncian a las personas que designan, enmarcan una vida. [Se compone la manga de la franela.] Pero yo, ¿quién soy? Los nombres se parecen a nosotros, pero esto ya no es vida. [Meditando.] Claro que tuve alguna

vez otra esperanza. Salir de Baracoa, conocer la capital. Tener hijos, criar nietos… [Consolándose.] Me quedaba tan linda la ropa de blanco en mis deseos de ser la enfermera que vi en mis sueños de niña. [Hablándole a un espectador imaginario.] Pero eso fue antes del amor, mucho antes de convertirme en esta ruina. [Se lamenta.] Ahora solo soy un cadáver que se asusta a sí mismo. Con el pelo encanecido, sin luces en los ojos. Sin recordar siquiera el sonido de la risa. [Con ira.] Claro que fui otra. Y, como tú, tuve los senos firmes y la cintura estrecha. El pecho me olía a flores, con la piel delicada; mi aliento era lo mismo que cerezas maduras y parecía de oro el pelo de mis trenzas. [Intenta comer y lo deja.] En ese entonces valía la pena llamarse Margarita como quiso mi abuela. ¿Saben por qué? Porque el mundo era simple y la gente era buena. Yo no sabía lo que era amar a alguien y para mi desgracia, Joaquín Martínez ha sido el único hombre que he besado en la boca. [Se arremanga la franela para dejar ver el tatuaje.] Para mi prima Luisa esto está bien [Señala el tatuaje.] Que es bonito… que está de moda… que la gente cuando se enamora hace locuras… [Con ira.] Pero no este. Joaquín puso su nombre sobre mi corazón arañándolo como animal salvaje. Pero no le bastó y tenía que ir más lejos. Lo sacó de mi pecho y me lo escribió aquí. [Mostrando el brazo.] Donde ya no era amor sino obediencia. Sumisión para un capricho. Esto no es una estampa para decir te quiero, es una cicatriz, una huella de guerra. Esta es su firma. La firma de la sangre que indica esclavitud. [Medita.] Es el sometimiento [Hace una pausa.] Yo soy su pertenencia. [Estalla en llanto.] Cuando no pude más, me fui de Baracoa.

VOZ DEL CELADOR. [Golpeando la puerta de la celda.] Devuelve el plato. De prisa. Yo no tengo todo tu tiempo.

LA MUJER. [Sale de la abstracción, lleva el recipiente a la puerta y regresa.] Yo decidí cambiar. Encontrar otra vida. Aquella vez que me miré al espejo no me reconocí, no tenía brillo en los ojos, ni luz en el pelo, y mucho menos un poco de alegría. La mueca que me devolvía el cristal era una máscara de espanto que gritaba en voz alta que ya yo estaba enferma. Por eso me marché de Baracoa. [Rememora.] Dejé los muchachos con su abuela. Le prometí mandarlos a buscar tan pronto me acomodara en algún sitio en la capital. Iba llorando y con el alma rota, cuando la guagua de Caribe Tours salió de

Santiago, porque dejaba atrás toda mi vida; es decir: los hijos, la abuela, el pueblo, la infancia... toda mi miserable vida, mi mundo se acababa porque yo ya me sentía difunta. [Va a la mesa y mira la foto.] Empecé de cero una nueva vida que prometía ser distinta. Como chopa de quehaceres domésticos en una casa de Gascue. Luego como mesera del restaurante chino de la José Martí. [Rememora enumerando.] También vendedora de café y cigarrillos en la entrada de los cines y de frutas en la puerta del banco, revendiendo chucherías baratas, ofreciendo dulce de maní, friendo yaniqueques, vendiendo habichuelas con dulce... hice de todo para no volver a Santiago, para no volver atrás, porque regresar era una forma de fracaso. [Pausa.] Pero hasta la capital llegó el brazo del demonio. Un domingo en la mañana, cuando menos me lo esperaba, en la paletera que puse en el Parque Enriquillo, para ganarme la vida, se me apareció Joaquín.

[La luz disminuye hasta quedar en penumbra. Se escucha de fondo a Margarita cantar a ritmo de bachata.]

Yo no miré atrás,
cuando me marché,
iba desbrozando otro camino.
Y en el corazón,
llevaba un puñal,
que escribía con sangre mi destino.
Cuanta oscuridad
debe de vencer,
el que necesita ver el día.
Fuera de estos muros,
que pone el dolor,
debe florecer una alegría.
No voy a volver.
Aunque todo se derrumbe.
No quiero volver.
Aunque el mundo a mí me juzgue.
Yo no miro atrás.
Aunque me queme por dentro.
Ya lo decidí.

Viva o muerta en el intento.
Me marché de allí,
llevando en la piel,
las razones que tiene el cuchillo.
Eso no era amor
porque la traición
a veces se disfraza de delirio.
No voy a volver.
Aunque todo se derrumbe.
No quiero volver.
Aunque el mundo a mí me juzgue.
Yo no miro atrás.
Aunque me queme por dentro.
Ya lo decidí.
Viva o muerta en el intento.

[La luz sube y todo se torna claro. La escena da inicio en una pequeña habitación que sirve de cocina.]

JOAQUIN. [Jadeante, halándola del pelo y sentándola con violencia.] ¿Quién carajo te crees que eres, coño?

LA MUJER. Nada, no me creo nada, Joaquín. Tú sabes que te quiero.

JOAQUIN. Me vas a pagar todo lo que he caminado buscándote. ¿De verdad tú pensaste que te ibas a escapar de mí? A mí no me deja ninguna mujer.

LA MUJER. Yo iba a volver, te lo juro que iba a volver, tú sabes que te amo.

JOAQUIN. [La toma por el cuello y luego la empuja.] Dame algo de dinero para comprar otra botella de ron, que esta se está acabando. Y que sea rápido para que no haya una desgracia. Tú eres mía. Te quedó claro: ¡Mía! [Se da un golpe en el pecho.] Mía, carajo. Tú no te gobiernas, buena mierda. ¡Anda, apúrate! y ponte la cena para que complazca a tu marido.

LA MUJER. [Nerviosa.] Te voy a hervir unos plátanos con un poco de salchichón. [Con falsa ternura.] Haremos el amor como antes...Vamos a volver a Santiago. Seremos una familia... Perdóname

Joaquín, pero no me maltrates. Soy la madre de tus hijos. Siempre estaremos juntos, juntos... Mírame, yo estoy enferma.

JOAQUIN. [Vuelve a empujarla y va a la cama.] Recoge tus corotos que nos vamos mañana.

LA MUJER. [Comienza un soliloquio en voz baja mientras prepara los plátanos frente a la pequeña estufa.]

JOAQUIN. [Desde la cama.] Vete a creer que yo soy como mi viejo. Un pobre diablo que nunca tuvo nada suyo. Que le temblaba el pulso para enseñarle a la mujer a andar derecha. Que le tenía miedo a la gente. Que me veía a escondidas, sin llamarme su hijo, sin darme su apellido, sin mirarme a los ojos. Y yo buscándolo de gallera en gallera, solo para pedir su bendición, lejos de su mujer, sin acercarme a su casa. Como si fuera un tísico. Como un perro con sarna. Yo, Joaquín, el hijo de una quería, el muchacho bastardo. [Hace una pausa.] Conmigo no funciona. [Hace una pausa breve.] Ella lo abandonó cuando se puso viejo. Cuando cayó en desgracia... La mitad por pendejo y la otra por blandito. [A la mujer.] A mí tú no me dejas. Yo te puse mi marca y no me tiembla el pulso como le pasó al viejo.

LA MUJER. No hables así, Joaquín, tú sabes que te quiero.

JOAQUIN. Me importa lo que pienses. Mi papá no me quiso. Yo crecí a la cañona, sin tener de donde agarrarme y todavía estoy vivo. La próxima vez que tenga que buscarte, si te encuentro, te mato; y también a los hijos. [Hace mutis, cruza las manos bajo la nuca y se dispone a dormir.]

LA MUJER. [Solloza.] [Luego habla consigo misma.] Claro que debe existir otra vida. Lejos de Santiago, fuera de Baracoa, donde el mundo sea simple y la gente sea buena. Donde el amor no necesite poner ninguna marca, donde valga lo mismo que te llamen Emilia, Margarita o Mercedes. [Comienza a pelar los plátanos para la cena. Lo pausa, se aproxima a la cama, lo observa unos segundos y con un movimiento inesperado, corta el cuello de Joaquín Martínez.]

[Penumbra.]

[Cuando la luz se enciende. La escena regresa a la celda del Centro de Corrección y Rehabilitación Najayo Mujeres. La mujer está sentada en el camastro mirando la foto de los hijos.]

LA MUJER. Toda la vida he vivido corriendo. Huyendo de alguien o de algo. De Niña, corría de las culebras que estaban tan asustadas como yo cuando volvía de recoger guandules en el conuco de mi viejo. A los truenos que estremecían el techo de la casa en las noches de aguaceros. A las pesadillas que me atormentaban por las noches. A los ojos de los hombres que me miraban con deseo. Pero a veces todos los caminos se cierran y tienes un barranco a cada lado. [Deja la foto y habla a un espectador imaginario.] Entonces tienes que pararte y resistir, beberte todas las lágrimas y la sangre [Pausa.] y matar... matar la oscuridad ... matar el miedo.

VOZ DEL CELADOR. ¡Margarita Mendoza! [Subiendo la voz.] ¡Margarita Mendoza!

LA MUJER. [Va a mirarse al espejo, se acicala un poco y se aproxima a buscar la cena por debajo de los barrotes.] Gracias, guardia. Te quiero 24/7.

Telón final

SONATA PARA DOS
-Pieza en tres actos-

PERSONAJES

JEAN LUIS [Hombre joven, pianista, algo atormentado y a punto de casarse.]

EDUARDO [Hombre joven, pintor, libre pensador y polemista. Amigo de Jean Luis.]

ALBA [Mujer joven. Novia de Jean Luis. Algo nerviosa por la proximidad de la boda.]

ELSA [Mujer joven. Amiga de Alba. Estudiante de arquitectura, pragmática y vivaz.]

«La vida es una inmensa disonancia»

Frederick Chopin

Sonata para dos
Primer acto
Escena uno

[La escena da inicio en una biblioteca estudio. Un hombre joven practica al piano una melodía de Frederick François Chopin, la cual interrumpe cada cierto tiempo para conversar con un pintor sobre las teorías del arte. Un caballete, el piano de cola y algunos libros son la única escenografía.]

JEAN LUIS.
  [No escucha que llaman a la puerta y toca ensimismado un fragmento de 7 Polonaises op.26.]

EDUARDO.
  [Entrando con un lienzo en blanco y moviendo las manos al compás de la melodía que toca Jean Luis.]
  Cada día tocas mejor, amado amigo. Tu interpretación es prácticamente impecable. Ya solo es cuestión de tiempo para que el mundo conozca todo el talento que tienes. El país se maravillará al descubrirte. Podrán comprobar lo que yo sé de sobra. Eres magnífico. Inigualablemente magnífico.

JEAN LUIS.
  No es para tanto. Hablas así porque estás obnubilado por el afecto, pero, en realidad, hay cientos de estudiantes del conservatorio que tocan esa pieza mejor que yo. Con más brillantez y poniendo el alma en cada tecla que presionan sus dedos. Para tocar como tú dices, se necesita un espíritu grande. Que ejecute cada movimiento como si fuera el último que tocara, de no tocar así, el intérprete está traicionando al compositor que sí puso toda su agonía en cada nota.

EDUARDO.
  Si todos los artistas tuvieran tu humildad, el mundo quizás fuera un lugar más habitable.
  [Dando vuelta alrededor del piano.]

¿Sabes lo que pienso? Ustedes los genios a veces no están conscientes de su grandeza. Necesitan de un torpe como yo, cuyo único don es reconocer el talento del otro. Ser testigo de esa magia que irradian ciertas personas y que, así como las rosas ignoran que tienen un aroma exquisito, ellos de igual manera no saben que son únicos, y por lo tanto dolorosamente irrepetibles.

[Enfrentándolo.]

Si yo tocara como tú, ni loco saludaría con un apretón de manos. Inclinaría la cabeza para contestar el saludo y guardaría mis dedos para cosas más grandes, cosas como las que tú creas, camarada, sin darte cuenta de quién realmente eres.

JEAN LUIS.

Eres un mago para la exageración. Para la magnificación de los detalles. Pero debes saber, que en este camino no basta con tener el talento. Mozart, Beethoven, Johannes Brahms, eran genios absolutos, virtuosos en el sentido cabal del término, pero vivieron y murieron en la indigencia total. De no ser por el padre de Alba, quizás me tocaría lo mismo. Por suerte él me acogió como mecenas. Sabe que no tengo talento suficiente, pero apuesta a que seré mejor marido.

EDUARDO.

¿Es cierto que Chopin compuso esa maravilla antes de cumplir los 20 años?

JEAN LUIS.

[Toca otro movimiento de la sonata y pausa para hablar.]

A los 17 años, para ser exacto. Con toda la bruma de Polonia embriagando su cabeza. A esa edad ya él sabía todo lo que quería de la vida y estaba luchando contra todo para conseguirlo. [Con cierto dolor.] Yo le doblo la edad y aún estoy indeciso frente a la bifurcación de mi existencia. Y para colmo soy su intérprete más tosco. [Meditando.] Estoy seguro de que él compuso esa sonata en el otoño, aunque no se sepa la temporada del año de fuente segura.

EDUARDO.

¿Por qué lo intuyes?

JEAN LUIS.

Es muy difícil de explicar. Solo quien se acerca al mundo de ese genio, puede escuchar, en su música, el aleteo de las hojas que caen al final de la tarde. El frío acercándose a los ventanales oscuros. La soledad de los mendigos durmiendo en las aceras. Puede que sea más fácil pintarlo con la paleta llena de colores tenues. Pero lograr que la audiencia lo perciba, golpeando las clavijas de un clavicordio, es una virtud a muy pocos concedida.

EDUARDO.

A propósito de pintura, ya casi termino tu retrato. Creo que me hacía falta esta conversación, para poder acentuar la expresión de tu mirada, atormentada y dulce al mismo tiempo. Los contornos de la fisionomía son un simple ejercicio de la técnica del dibujo, una parte, si se quiere mecánica. Pero transparentar el alma y ponerla sobre el lienzo es el verdadero desafío de los pintores. Retratarte de espalda y hasta desde el perfil, es pan comido. Pero poner la pena de tus ojos sobre la tela, salvando la distancia, es lo mismo que hacía Chopin con el otoño de Polonia cuando pisaba las teclas de su viejo instrumento

[Tocan a la puerta y cada uno hace mutis.]

ALBA.

[Entrando. Lleva algunas fundas de regalos y una libreta.]

¡Cómo están muchachos!

[Besa a Eduardo con frialdad y le habla a Jean Luis.]

Te voy a dar un beso, pero no te lo mereces. Otra vez me dejaste esperando donde el sastre. Solo falta tú por definir el traje que usarás, pero parece que no tienes tiempo para otra cosa que no sea el piano y los amigos.

[Lo besa.]

Elsa te manda muchos saludos. Y el padre Benito dice que, si no te confiesas antes de la ceremonia, él no podrá oficiar el matrimonio ante Dios.

JEAN LUIS.

Te dije que lo haría y lo haré. Estamos a una semana de ese día. Todavía hay mucho tiempo de por medio …se puede construir todo un mundo y descansar.

EDUARDO.

[Ríe con algo de ironía.]

El que luce algo nervioso es Jean Luis. Como si él fuera la novia y no tú…

[Vuelve a reír.]

Los dejo para que planifiquen la fiesta. Regreso al atelier… a ver si puedo arrancarle a la canva en blanco, alguna expresión artística que valga la pena. Nos vemos Alba.

[La besa con frialdad.]

¡Adiós camarada!

[Hace una señal con el pulgar derecho hacia arriba y sale.]

ALBA.

[Irritada.]

Eduardo está cada vez más insoportable. No entiendo cómo puedes estar horas y horas hablando con semejante tipo. Ojalá y se enferme el día de la boda, para que me ahorre el mal gusto de verlo brindar por nosotros con su sonrisa cínica.

JEAN LUIS.

Tranquila, cada uno tiene sus propios amigos y así debe ser. Yo no te impongo nada. Él es una buena persona. Si lo trataras, te darías cuenta de que es un gran artista y por lo tanto tiene a veces un carácter impositivo, pero no es mala gente.

ALBA.

[Más irritada.]

En vez de pedir excusas por dejarme plantada donde el sastre, como si fuera una estúpida, te pones de su lado y lo defiendes.

JEAN LUIS.

[Colérico.]

No estoy defendiendo a nadie y no tengo por qué presentar excusas. Aquí no ha muerto nadie, todavía. Estaba ensayando porque el concierto se me viene encima; pensé que era más temprano y luego llegó Eduardo y me entretuve. Eso es todo lo que ha sucedido. No veo la razón para que tú vengas con tantos berrinches.

ALBA.

Si no te quieres casar, dilo de una vez. Estamos a tiempo de desmontarlo todo. Cancelo la fiesta… entrego las cosas rentadas… devuelvo los regalos… quemo el vestido y el ajuar… y me mato… te juro que me mato… llego al puente que esté más cerca… y salto al vacío… para que tú sigas viviendo a tu manera, con el piano y los amigos…

[Llora.]

JEAN LUIS.

[Abrazándola.]

Cálmate, mi amor. Respira hondo y sonríe. Si alguien aquí debe morir debo ser yo… por hacerte enojar tan a menudo.

ALBA

[Reacciona e intenta besarlo con pasión.]

¡Tú no te mueres hasta que no me hagas tu mujer!

JEAN LUIS.

[La aparta con suavidad.]

Para eso también falta una semana. Nos vemos mañana a la misma hora donde el sastre. Prometo que llegaré primero que tú. Ahora vete, que debo practicar el último movimiento de la sonata No.1 de Chopin… de este concierto depende toda mi carrera. Si no la interpreto como debe ser, seré yo el que busque el puente más cerca y me lanzo a la corriente.

[Va al piano y retoma la ejecución de la pieza.]

ALBA.

[Se compone el pelo, recoge las cosas y se dirige a la puerta.]

¿Sabes una cosa? Mi intuición de mujer me dice que Chopin nunca se casó y que a tu amigo Eduardo tampoco le interesa casarse.

[Sale.]

JEAN LUIS.

[Vuelve a tocar ensimismado como al principio, el final de la pieza.]

Telón rápido

«Nadie escuchó con mayor provecho que Debussy los arpegios que las manos traslúcidas de la lluvia improvisan contra el teclado de las persianas»

Oliverio Girondo

Segundo acto
Escena uno

[La escena inicia en la habitación de Alba. Elsa la asiste para preparar las pedrerías y el estampado del vestido, la decoración del ramo de azahar y los zapatos blancos. La novia cose con desánimo.]
ELSA.
¡Este vestido es precioso! No recuerdo otra boda donde la novia fuera tan hermosa. Tu madre, en paz descanse, estaría loca de alegría con verte caminar hacia el altar. Al menos tienes a Don Felipe con buena salud, para que te lleve del brazo y te entregue a Jean Luis.
ALBA.
[Sigue bordando pedrerías en silencio.]
ELSA.
Me gustaría casarme como tú. Joven y con energía, para tener seis o siete hijos bien temprano. Enamorada como lo estás tú de Jean Luis. Y de blanco inmaculado, para que se mueran de envidias las murmuradoras. Con la frente en alto para que todos sepan que me caso pura.
[Piensa en silencio por un momento.]
 Dime, Alba, ¿los besos le quitan a la mujer la pureza?
ALBA.
[Saliendo del aislamiento.]
Claro que no. Muchacha tan tonta. Puedes besar todo lo que quieras y sigues siendo virgen... Claro que hay límites, no es besar en todas partes... ni con todo el deseo... pero por besar, Dios no ha condenado a nadie.
ELSA.
¡Uf! Qué susto...
[Ríe a carcajadas.]
Menos mal que te pregunté. Pensé que no iba a poder casarme como tú, de blanco y con velo y corona.
ALBA.
[Con tristeza.]
Lo importante no es casarse de blanco, sino casarse enamorada. Que ese día te encuentres feliz.

ELSA.
Pero tú lo estás. Tienes el mejor partido que hay en todo el pueblo. Nadie le ha conocido otra novia a Jean Luis. Como quien dice, los dos pueden casarse de blanco. Tú con el velo de la pureza y él con el clavel de la inocencia en la solapa de la chaqueta.
ALBA.
[Deja de coser y camina alrededor del cuarto.]

Ya no estoy tan segura como tú. Me atormentan tantos pensamientos. Quisiera que la boda fuera mañana y no dentro de una semana. Para dormir y despertar casada. Sin ver toda esa gente que vendrá a la casa... casarme... tener los hijos... y que la cabeza encuentre sosiego.
ELSA.
Cálmate manita. Debe ser los nervios que te están traicionando. ¡Cuánta falta hace tu madre! Ella estaría contigo en estos momentos. [Resuelta.] Pero me tienes a mí que más que tu amiga soy tu hermana. [La abraza.] Llora, amiga, llora todo lo que quieras, que la felicidad está a la vuelta de la esquina.
ALBA.
Ya no estoy tan segura. Jean Luis no es el mismo de antes. Sospecho que tiene una amante. Alguna muchacha de esas del conservatorio, que se pasan horas y horas muy juntos hablando de música, de compositores, de conciertos, de no sé qué melodía... y yo solo lo veo tres veces por semana.
ELSA.
No, hermana, no pienses así. Si el pobre de Jean Luis está tan ilusionado como tú con esta boda. Si no se metió en una aventura al principio del noviazgo, no lo va a hacer ahora, faltando una semana.
ALBA.
Entonces por qué razón lo siento tan frío, tan lejano. Tan distante de mí. Tuve que rogarle que fuera a tomarse la medida de la ropa y, aun así, me dejó tres veces plantada.
ELSA.
[Conciliando.]
[Se le acerca y le pone el brazo en el hombro.]

Eso no es una razón, amiga. Tú no has tenido más novios, pero yo que he tenido tres, puedo decirte que los hombres son distintos. Y si es para los preparativos del matrimonio, son casi animales domésticos.

Nosotras estamos pendientes del más mínimo detalle: Que si la comida será suficiente... que si los manteles están impecables... que si las medias... que si las sandalias... que la segunda ropa para después de la iglesia... que si invitaron a toda su familia... que si el ramo es de rosas frescas... que si los anillos son de oro... que si los pajes ensayaron la marcha... que si los músicos fueron contratados... que si estoy depilada... Pero ellos... nada de eso... viviendo de lo más campante. Solo piensan en que habrá suficientes cervezas y en lo que harán contigo cuando se vaya la gente.

ALBA.
Si, tienes razón, los hombres son diferentes. Y dentro de ese mundo, Jean Luis debe ser el más diferente de todos. Parecería que quisiera casarse con el piano y la pintura y no con una mujer de carne y hueso. Una mujer llena de deseos, que suspira por estar entre sus brazos, que sueña con su cuerpo, imaginando su respiración calentándome la oreja cuando estemos acostados. A veces lo toco y siento que es una estatua viva. Una escultura de mármol. Quisiera que sus manos me recorrieran por los muslos, con la misma devoción con que el interpreta al tal Chopin.

ELSA.
[Resignada.]
Entonces debes aprenderte algunas mañas, encontrar algún camino, para que Jean Luis te toque como lo hace con el piano.

ALBA.
Eso será después de la boda. Ya no hay tiempo para esas peripecias. Ahora solo me toca confiar, esperar en Dios que las cosas resulten, porque al igual que mi madre, yo soy mujer de un solo hombre.

ELSA.
No le dejes eso a Dios. Él hizo bastante con ponerte un hombre en el camino; lo que falta lo debes hacer por ti misma. Dios mira hasta que te entregan en el altar, después, se hace el desentendido y,

cuando apagues la luz, tú eres la que debes convertirte en Dios y en pecadora al mismo tiempo.

ALBA.

¿Y tú, cuando te casas? Para que pongas en práctica todos los consejos que me das a mí.

ELSA.

Es que yo no he tenido la suerte tuya. Ya he cogido tres ramos y para nada: El de la boda de Ercilia, el del matrimonio de Teresa y cuando se casó María Antonieta. Pero en tu boda será diferente.

ALBA.

Dime de qué lado te vas a poner y yo lanzo el ramo para que lo cojas sin ninguna competencia.

ELSA.

Olvídate del ramo. Yo no me meto en eso jamás en la vida. Ahora me voy a sentar cerca de Héctor, el amigo de Jean Luis. Si logro agarrar a ese papucho, no me va a hacer falta tu ramo.

[Ríe.]

Oye, y, ¿hasta qué parte del cuerpo de Héctor puedo yo besar y seguir siendo pura?

ALBA.

[Ríe.]

Hasta el cuello, solo hasta el cuello. A partir de ahí, se empieza a perder el juicio y con el juicio perdido también se pierde la pureza.

ELSA.

Ay manita, cásate tú vestida de blanco y con ramo de azahar, que yo tengo que buscar otro color para el vestido.

[Ambas ríen y vuelven a bordar el vestido con pedrerías y a decorar el velo y los zapatos de novia.]

Tercer acto

[La escena da inicio en la misma locación del primer acto. Jean Luis sentado al piano practica los ejercicios de música y junto al piano un pequeño cofre de madera contiene algunas cosas personales. La boda será en tres días.]

JEAN LUIS.
[Gesticula mientras ejecuta la pieza Waltz Brillante E Flat Major op.18.]
ALBA.
[Entrando con una bolsa de regalos.]
Hola, cariño. Vine a hacerte un poco de compañía para que no estés tan solo. De paso yo ultimaré algunos detalles, cosas de último minuto, los preparativos no se acaban nunca.
[Sentándose junto al piano.]
Vendrán todas mis primas desde el interior del país. También mis amigas más íntimas. Más de 25 muchachas que están tan locas como yo porque llegue la hora.
[Sacando de la bolsa un paquete de sobres.]
Estoy algo tarde para esto. Aún me falta por enviar estas invitaciones. Tengo un montón de cosas que se me han olvidado con tanto ajetreo.
JEAN LUIS.
[Con parquedad.]
Y para qué tanta gente. Has invitado a medio mundo. Contigo, tu papá y el cura es más que suficiente.
ALBA.
No seas tan antipático. Eres demasiado gruñón para ser un artista. La gente que te ama quiere ser testigo del momento más feliz de tu vida. Por eso vienen todas mis amigas. Por eso vienen a brindar por nosotros.
JEAN LUIS.
A criticar el evento es a lo que vienen, a murmurar sobre tu vestido, a corroerse de envidia porque es otra la que se casa y no ellas. A eso vienen.
ALBA.
Rosario no viene, tampoco su hermana Carmen Luisa. Y Helena mandó hoy mismo una excusa por su ausencia. Dice que lo lamenta mucho.
JEAN LUIS.
Eduardo tampoco vendrá, así que por mi parte no hay invitados.
ALBA.
¿Y qué mosca le picó, para que se pierda la boda de su amigo?

JEAN LUIS.
Tiene otra cosa por hacer, una no sé qué actividad de última hora. No te ha mandado excusa, me lo dijo a mí y es suficiente.
ALBA.
¿Y este cofre tan chulo? … ¿qué tienes guardado ahí? Es la primera vez que lo veo.

[Lo abre, saca un libro, una pipa y un revólver. Luego lo devuelve.]

¿De dónde sacaste esto?
JEAN LUIS.
Eso es todo lo que me queda de papá. Lo único material que guardo de lo que él me legó. Su pipa, el arma personal para casos de emergencia y el libro de fábulas que me leía cuando yo era un muchachito. Lo demás son cosas intangibles. Todo lo otro que me dio, se resume a lo que fue la fortaleza de su carácter indomable, su rigidez de pensamiento, su don de mando sin doblez, su cerrazón de mula.

[Reflexiona.]

En tres días ésta ya no será mi casa, así que me llevo lo único que es mío en la vida.

[La ignora y vuelve a practicar.]

ALBA

[Lo mira unos segundos y le replica.]

Todo lo que tengo es tuyo. Y dentro de poco seré tuya en cuerpo y alma.
JEAN LUIS.

[Dejando de tocar.]

No es necesario que te desprendas de nada. Necesito muy poco para vivir. Por esa misma razón defiendo con los dientes lo poco que deseo.
ALBA.

[Trata de apaciguarlo.]

¿Cuántos hijos vamos a tener?
JEAN LUIS.
Tendremos los que tú quieras o los que Dios mande. Con tal de que crezcan sanos, limpios de corazón y libres de mentes, me importa que sea uno solo o que sea una docena.

ALBA.
Yo quiero tres hembras y cuatro varones. Ya tengo los nombres. Pero ninguno se llamará Frederick, ni Eduardo, ni Jean Luis.
JEAN LUIS.
Los nombres no tienen importancia. Son un rótulo más que las personas les ponen a los otros, como si fueran piezas de un catálogo. Hubo un tiempo en donde los hombres no tenían nombres ni apellidos. Solo se llamaban hermanos. Y eso era más que suficiente.
EDUARDO.
[Entrando con un cuadro velado en tela negra.]
Hola Alba, ¿cómo va todo.?
[A Jean Luis.]
Por fin terminé tu retrato. Ha quedado muy bien. No como tu música, pero es un trabajo digno.
JEAN LUIS.
Gracias, sé que es una buena obra si viene de ti. Lo pondré en mi sala para honrar tu regalo.
ALBA.
[Se aleja a ver a solas el retrato.]
Es idéntico a ti. Solo que la expresión es más triste. Me hubiese gustado que lo pintaras con un rostro feliz.
EDUARDO.
[Casi en secreto a Jean Luis.]
Camarada, necesito tu ayuda. Tienes que salvarme de la que me he metido.
JEAN LUIS.
De qué se trata esta vez.
EDUARDO.
Debo un dinero que perdí en una partida de Póker. Son hombres de cuidado, si se quiere algo violentos y me están cobrando con ciertas exigencias.
ALBA
[Sigue observando los detalles del cuadro.]
JEAN LUIS.
Eso mismo te ocurrió hace apenas dos meses. Te dije que no tendrías mi ayuda para ese tipo de cosas y juraste que no volvería a pasar.

EDUARDO.
Ahora sí es de verdad la última vez. Lo juro por la pintura... lo juro por tu música.
JEAN LUIS.
Esta vez no puedo ayudarte. Lo siento mucho, pero esta vez no puedo.
EDUARDO.
Pero, ¿por qué no puedes hacerme un favor? Sacarme de este apuro. Después de todo lo que yo he sido para ti.
JEAN LUIS.
Tú no sabes cuánto cuesta una boda. Estoy endeudado hasta la coronilla y no voy a endeudarme más para pagarte una deuda de juego. Un capricho tuyo. Una debilidad de buscar en el azar lo que no has conseguido con trabajo.
EDUARDO.
[Colérico.]
Con que esas tenemos. Pero para casarte con ella si te alcanza el dinero.
JEAN LUIS.
Eso no es asunto tuyo. ¡Vete! Estás muy desequilibrado; si puedo ayudarte, te avisaré.
EDUARDO.
Sabes que no me iré sin el dinero. Me conoces demasiado para no saber de lo que soy capaz.
ALBA.
[Interrumpiendo.]
Cálmense, ¿qué es lo que pasa? ¿Por qué estos gritos?
JEAN LUIS.
Me tienen sin cuidado tus amenazas. Yo también puedo ser terco cuando me acorralan. ¡Vete! Te dije que te fueras. Y llévate el cuadro, cuando pueda pagar tu retrato te aviso para que lo traigas.
EDUARDO.
El retrato no tiene nada que ver con este asunto. Es un regalo mío que ya estaba pago con creces, por la generosidad de tu afecto. No hay necesidad de devolverlo. Solo préstame ese dinero para salir de este problema. Y asunto resuelto.

ALBA.

¿Por qué Jean Luis tiene que mantener tu vicio? ¿A santos de qué tienes que abusar de su amistad?

EDUARDO.

[Fuera de sí.]

Tú no te metas en esto. Es un asunto entre él y yo.

JEAN LUIS.

Pídele perdón a Alba. No tienes ningún derecho a maltratarla de esa manera.

EDUARDO.

Ella y tú se pueden ir para el carajo. Cómanse su boda y toda esa mentira que van a celebrar.

ALBA.

¿De qué mentiras estás hablando? Te has vuelto loco con el juego.

EDUARDO.

[Amenazando a Jean Luis.]

Voy a salir un rato a fumar y poner la cabeza en orden. Volveré en un rato. Será mejor que tengas ese dinero o te atienes a las consecuencias.

JEAN LUIS.

¿Y qué vas a hacer? ¿Cuál otro daño puedes hacerme?

EDUARDO.

Si al volver no tienes el dinero de pagar mi deuda, Alba sabrá la verdad de por qué tú no quieres casarte.

[Sale.]

ALBA.

[A Jean Luis.]

Tú y yo hablaremos en un minuto. Voy a alcanzar a Eduardo. Él tiene que explicarme lo que tú no has tenido el valor de decirme.

[Sale.]

JEAN LUIS.

[Toma el lápiz con que corrige la partitura que toca y va al caballete y empieza a desdibujar el cuadro haciendo rayas sobre el retrato.]

ALBA.

[Entra al estudio llorando.]

JEAN LUIS.
¿Qué te ha dicho ese canalla?
ALBA.
[Llora con más ímpetu.]
JEAN LUIS.
Dime, ¿qué diablos te dijo ese mediocre? ¿Qué pudo decirte de mí que ya tú no sepas?
[Exasperado.]
En cuanto termine aquí, salgo a buscarlo y le rompo la cara a ese mequetrefe.
ALBA.
[Reponiéndose.]
Tranquilo Jean Luis, no es hora de cometer más locuras. Nada que él haya dicho interrumpirá mi boda. Termina tu ensayo. Voy a casa y busco el dinero que te pide Eduardo. Por suerte, mi amiga Elsa me dio algo de dinero para que me ayudara con los gastos.
[Jean Luis vuelve al piano.]
JEAN LUIS.
[A Alba.]
Llévate esas cosas para tu casa. Hoy no quiero más cargas sobre mi espíritu. Pensé que, con la muerte de mi padre, mi alma encontraría un poco de sosiego, pero a una pena, le nacen otras penas, y a estas también le nacen otras y otras...
ALBA.
Cálmate, amor mío. Siempre a final del túnel encontraremos la luz. Los humanos somos como la vid o la aceituna, primero han de pisarnos para que tengamos el vino y el aceite.
[Sale.]
JEAN LUIS.
[Hace ejercicios con las manos, luego toca y solfea sobre la melodía.]
EDUARDO.
[Entrando con marcada embriaguez.]
Espero que tu sentido común se haya impuesto y me tengas el dinero para pagarle a mis acreedores.
JEAN LUIS.
¿Cómo has podido ser tan cobarde?

EDUARDO.
No me dejaste otro camino. Yo no tengo otra opción. Mi vida está en peligro; estoy caminando sobre una navaja.
JEAN LUIS.
[Agarrándose la cabeza con ambas manos.]
¡Cómo he podido yo ser tan ingenuo! Tan confiado en la nebulosa de tu arte. ¡Dios! ¿Cómo no me di cuenta, que, tras tus halagos de dudosa simiente, se escondía la mano negra de algún fantasma inicuo?
EDUARDO.
Tú quisiste que así fuera. Nadie te empujó hasta el borde del abismo que ahora quieres escupir.
JEAN LUIS.
No te conozco. No sé quién eres. Jamás te vi en mi vida.
EDUARDO.
[Arrepentido.]
No hables así, Jean Luis. La vida siempre nos condujo hacia el despeñadero, a las encrucijadas... a los desatinos. Era inevitable la caída.
JEAN LUIS.
De qué me hablas, no reconozco tu rostro. Yo siempre he estado solo, nunca he tenido nada mío. Cada día, la mañana me encuentra de pies frente al barranco.
EDUARDO.
Deja de herirte, ¿por qué tienes que lacerarte tanto? ¡Déjame darte un último abrazo!, amigo.
JEAN LUIZ.
¡Aléjate!
[Se sienta en el piano y organiza las partituras.]
EDUARDO.
Por favor, toca para mí. Toca otra vez esa sonata. Quiero escuchar como caen las hojas de los otoños grises.
[Casi como un ruego.]
Quiero ver por tus dedos los altos ventanales oscuros. Déjame percibir a través de tus manos, los ojos de Chopin contemplando aquella ciudad que se llena de mendigos.
[Se escucha lejanamente un fragmento de Etude op.25 No. 1 A Flat Major.]

ALBA
  [Entrado, todavía con la caja de Jean Luis.]

Mi padre te manda esta carta que ha llegado para ti.
  [Le extiende el sobre y va a observar el cuadro de Jean Luis.]
JEAN LUIS.
  [Lee y se va entristeciendo. Luego dice para sí mismo.]
Han cancelado el concierto. No ofrecen la más mínima explicación. Ni siquiera mencionan una fecha probable para la reposición de la temporada. Así, como si nada... Como si no se tratara de algo importante… ¡como si no fuera mi vida.!
EDUARDO
  [Con sarcasmo.]
Te advertí que todas las acciones tienen una consecuencia. Tal parece que alguien no está por debajo de tu arte. Por lo menos una persona en el universo no se encuentra por debajo de tus dominios.
ALBA
  [Intenta tomarlo por el cuello.]
Eres una bestia despreciable. Una hiena miserable, que las mismas hienas se avergonzarían de ti. Uno de los pasillos del infierno, estoy segura, que lleva tu maldito nombre.
EDUARDO
  [Con rabia.]
Ni a ti ni a nadie le debo explicaciones.
  [Mirando a Jean Luis.]
Solamente al arte le debo pleitesía. Jamás he sido fiel a nada. No tengo, como tantos, que besar el anillo de la mano perversa. No idolatro banderas. No quiero eternidad. No le temo al infierno.

JEAN LUIS
  [Perturbado.]
¡Váyanse!!
  [Subiendo la voz.]
¡Márchense todos!
EDUARDO.
Jean Luis, yo pienso que….

JEAN LUIS.
    [Con algo de ira.]
¡Vete!
EDUARDO.
    Por lo menos déjame…
JEAN LUIS.
    ¡Vete he dicho! Es tarde para mirar atrás.
EDUARDO.
    [Se aproxima hacia al piano.]
JEAN LUIS.
    [Lo rechaza.]
¡Sal de mi vida!
    [Lo empuja.]
Llévate mi retrato. Yo no quiero una limosna que apacigüe mi alma. Yo quise una tormenta. Un sol que me incendiara.
    [Golpea sobre las teclas.]
¡Yo no quiero tu lástima!
    [Al borde del llanto.]
Solo pedí a la vida un poquito de agua. Y de no ser así, entonces, un huracán que me dejara desnudo en medio de los vientos. Un vendaval violento que descuaje mi alma.
    [Calmado.]
¡Vete! ni tú, ni nadie entendería.   3
ALBA
    [A Eduardo, con rabia]
¡Aléjate de nosotros!
EDUARDO
    [En un movimiento inesperado intenta abrazar a Jean Luis.]
ALBA
    [Mete la mano en la caja, saca el revólver y dispara sobre Eduardo.]
JEAN LUIS.
    [Se lleva la mano a la cabeza y grita con desesperación.]
¡Nooooooo!
[Tira al aire las partituras de la pieza que ejecutaba y se abraza al cuerpo de Eduardo que yace en el suelo inmóvil. La escena va oscureciendo poco a poco.]

ALBA

[A Jean Luis.]

¡Adiós, amor mío!

[Se aproxima a un costado del escenario, apunta a la cabeza y dispara.]

La luz del perseguidor cae sobre el piano desolado. Mientras el telón cierra poco a poco, se escucha de fondo, el último movimiento de la pieza Fantasie Impromptu op. 66, del pianista y compositor Frederick Chopin.]

Termina la pieza.

César Sánchez Beras

Poeta y contador de historias. Nacido en Santo Domingo, República Dominicana. Doctor en Derecho por la Universidad Autónoma de Santo Domingo (UASD) y Maestría en Pedagogía por Framingham State College. Ha publicado poesía, cuentos, teatro y novela; gran parte de su obra ha sido traducida al inglés y al italiano. Sus reconocimientos nacionales e internacionales incluyen dos premios por piezas dramáticas, tres por literatura infantil y siete por poesía. Es colaborador de la Academia Norteamericana de la Lengua Española [ANLE] y miembro de la Unión de Escritores Dominicano [UED]. Vive en Massachusetts. Es el esposo de Juana y el padre de Laura, César, Katie y Penélope.

Made in the USA
Middletown, DE
13 February 2024

49051796R00109